Heidi Strehle

Unterwirf mich!

Erotische Geschichten

Unterwirf mich!

Unterwirf mich!

Ein Musiker träumt davon, die Frau, die er liebt, zu unterwerfen. Sie unterwirft sich ihm aber nur wegen seines achtstelligen Bankkontos. Erst nachdem sie ihn wegen eines Schauspielers verlassen hatte, lernt er die Frau kennen, die sich ihm aus Liebe unterwerfen will. Und dann kommt seine einstige große Liebe zurück zu ihm, um ihn erneut in den Strudel von Sex und Macht hineinzuziehen.

Lovefool

Ein Mann glaubt nicht an die wahre Liebe und benutzt die Frauen lediglich als Sexspielzeuge. Leidenschaftlich sieht er ihnen dabei zu, wenn sie sich vor dem gemeinsamen Sex ausgiebig gegenseitig ihre feuchten Mösen lecken. Dieses geile Schauspiel macht ihn immer wild vor Begehren und beflügelt seine verruchte Fantasie. Doch eines Tages begegnet er ganz unverhofft einer längst vergessenen Jugendliebe und macht dieser Frau kurz darauf ein unmoralisches Angebot, das sie ihm aus einem ganz bestimmten Grund nicht abschlagen kann. Sie muss sich ihm unterwerfen, ob sie will oder nicht!

Das Model und die Hure

Eine Hure erledigt inkognito den Nebenjob eines Models und erfährt hierdurch das berauschende Gefühl der Hingabe einer Unterwerfung. Lustvoller Sex zwischen Frauen, eine Ménage-à-trois, Gang-Bang-Partys, wilde Orgien und ein Mann, der von nun an ihre unstillbare Sexgier schürt, erwarten sie dort.

Inhaltsverzeichnis

Bibliografische Information der Deutschen Nationalbibliothek
Die Deutsche Nationalbibliothek verzeichnet diese Publikation in der
Deutschen Nationalbibliografie; detaillierte bibliografische Daten sind
im Internet über http://dnb.d-nb.de abrufbar.

1

Unterwirf mich!

Manuel Corrascos Begierde nach ihr… New York, USA, 2005.

Das heiße Wasser berieselte ihren erhitzten Körper. Sie nahm das Duschgel, das nach Kirsche roch, von der Ablage und drückte etwas davon auf ihre Hand. Nun fing sie an, ihren Unterleib damit einzureiben. Ihre Gedanken schwirrten um Matt, den sie letzte Nacht im Club aufgegabelt hatte und der ihr eine unglaubliche Nacht beschert hatte. Sie fühlte, dass ihre Geilheit von letzter Nacht zurückkam. Sanft rieb sie mit ihren Händen ihre nasse, rasierte Möse und dachte an den unglaublichen Mann in ihrem Bett nebenan. Ihre Gedanken erregten sie sehr. Sie wurde feucht.

Während sie unter der Dusche stand und masturbierte, öffnete sich leise die Badezimmertür. Matt trat ein. Er schob den Duschvorhang beiseite und betrachtete ihren schönen Körper. Ihr welliges, blondes Haar war nass und klebte an ihrem Rücken fest, davon zierten einige lange Strähnen ihre prallen Brüste und ein paar Haarspitzen verdeckten ihre harten Nippel. Christinas weibliche Rundungen brachten sein Blut in Wallung. Stumm sah er sie an, bis sie ihm einen verruchten Blick zuwarf, der ihn einlud, unanständige Dinge mit ihr zu tun. Sie befriedigte sich gerade selbst, das gefiel ihm, das machte ihn scharf, sehr sogar. Er stieg zu ihr unter die Dusche und schmiegte seinen muskulösen Körper an ihren feuchten Rücken. Mit den Händen berührte er ihre Hüften und presste ihren Unterleib fest gegen seinen steifen Penis. „Bück dich, du Luder! Mein Schwanz ist schon ganz geil auf dich… streck deinen kleinen Arsch ein bisschen weiter nach hinten, damit ich dich besser ficken kann."

Christina stand auf Männer, die Dirty-Talk perfekt beherrschten, ohne dass es vulgär oder ordinär klang, wenn sie mit ihr so sprachen. Sie streckte ihm sofort ihren Hintern entgegen. „Hab schon an dich gedacht... fick mich!... mit deinem großen, dicken Schwanz. Meine Fotze ist schon ganz nass.", raunte sie ihm zu und bog noch weiter ihren Rücken nach hinten. Sie presste ihren Po gegen seine steife Erektion und kreiste verführerisch mit ihren Hüften, bereit sein Glied vollständig in sich aufzunehmen.

Matt drückte ihr Becken noch fester gegen seinen Unterleib und küsste leidenschaftlich ihren Rücken und ihren zierlichen Nacken. Seine Finger berührten Christinas Scham und fuhren direkt in ihre feuchte Spalte. Geschickt hielt er die Schamlippen auseinander und zwängte mit seiner anderen Hand seinen großen, steifen Penis gierig und rücksichtslos in ihre Enge. Kraftvoll bewegte er sich nun in ihr vor und zurück, hielt dabei ihr Becken fest umklammert, stieß immer heftiger und schneller in das Objekt seiner Begierde, um sie unter der Dusche zu einer gefügigen Lustsklavin seiner Geilheit zu machen. Immer schneller bewegte er seine Lenden vor und zurück, immer fester presste er seinen Unterleib gegen den ihrigen, während das warme Wasser ihre erhitzten Körper berieselte.

„Ich spritz gleich ab...", stöhnte Matt und massierte dabei unbeherrscht ihre Brüste.

„Dann spritz ab, bleib aber noch in mir... ich will dich noch mal aufgeilen." Nachdem Matt abgespritzt hatte, fühlte er, wie sein Schwanz allmählich erschlaffte, doch die rhythmischen Bewegungen von Christina ließen seinen Penis innerhalb weniger Minuten langsam wieder in ihr anschwellen. Selten hatte er Frauen besessen, die imstande waren, ihn zweimal hintereinander kommen zu lassen. Doch solche Frauen fand er sehr begehrenswert und Matt war wirklich immer auf ein neues erotisches Abenteuer aus.

Christina bog ihren Rücken immer weiter durch, um seinen weichen Schwanz in sich behalten zu können. Lange würde sie das nicht mehr aushalten, denn ihr Rücken begann sie schon zu schmerzen. Doch es war ein lustvoller Schmerz, der sie quälte. Sie spürte, wie die Erregung ihre Lustzone aufs Neue durchfuhr. Es fühlte sich an, als würden kleine Blitze durch ihre Vagina schießen. Immer schneller bewegte sie sich, immer fester streckte sie ihm ihren prallen, knackigen Arsch entgegen. „Und jetzt, Matt... jetzt will ich deinen Saft schlucken.", sagte sie mit rauer Stimme, die vor Erregung zitterte. Sie war völlig überreizt. Zu spüren, wie sich Matts weiches Glied in ihr wieder regte und anschwoll, erregte sie ungemein. Sie keuchte vor Begierde nach diesem jungen Hengst unter ihrer Dusche.

Matt zog sein Glied hastig aus ihrer feuchten Spalte, während sich ihm Christina schnell zuwandte und vor ihm auf die Knie ging. Mit der Zungenspitze kreiste sie um seine Eichel, mit ihren Zähnen biss sie zärtlich hinein, dann umschloss sie sein Glied mit ihren weichen Lippen und begann seinen Lustsaft aus seinem Penis zu saugen. Er schmeckte wunderbar. Sie liebte Sperma über alles und sie fand, dass jeder Mann einen ganz besonderen, eigenen Geschmack in sich barg. Sie war süchtig nach dieser süßlichen Flüssigkeit. Sie war süchtig nach Sex, vor allem war sie aber süchtig nach zügellosem Sex mit den unterschiedlichsten Männern. Am geilsten wurde sie aber dennoch, wenn sie sich von mehreren Männern auf einer Gang-Bang-Party gleichzeitig vernaschen ließ, doch musste sie vorsichtig sein. Die Presse war immer auf der Hut und nur zu ungern las sie in der *Yellow Press* über ihre sexuellen Ausschweifungen.

Matt war nur eines ihrer zahlreichen Spielzeuge, sozusagen nur eine willkommene Abwechslung. Er diente ihr lediglich zur Lustbefriedigung. Geld konnte sie mit ihm keines verdienen, dazu besaß er zu wenig davon. Aber er hatte ein schönes Gesicht, einen makellosen Körper und einen prächtigen, dicken Schwanz, der ihr große Lust bereitete. Und das genügte ihr, war für sie Rechtfertigung genug, sich auch mal zur Abwechslung mit der Unterschicht im Bett zu vergnügen.

9

Gegen Nachmittag schmiss sie Matt aber hinaus, nachdem er nicht hatte begreifen wollen, dass er nur für eine Nacht zu gebrauchen war, und sie sich jetzt wichtigeren Dingen widmen musste.

Ihr Bankkonto war weit überzogen, und es war dringend notwendig und schon längst wieder an der Zeit, sich einen neuen dicken Fisch an Land zu ziehen, um die nächsten Monate wieder über die Runden zu kommen.

Und ihr neues Opfer hatte sie sich schon ausgesucht.

Und sie hatte immer Erfolg bei ihnen, denn ihre Opfer hatten eines gemeinsam: sie waren allesamt reich, gutaussehend und unsterblich in sie verliebt.

■■■

Manuel sah auf die Uhr. *Sie wird bestimmt gleich da sein,* dachte er. Die Ungeduld zerriss ihn schier. Mit den Händen fuhr er sich durch sein schwarzes Haar. Nervös lief er in seiner Garderobe auf und ab, bis er sich dazu entschloss, erneut den Inhalt der geheimnisvollen Schachtel zu begutachten. Das tiefe Rot des Kartons stach ihm buchstäblich ins Auge. Er hob den Deckel leicht an und sah hinein. Ein Kärtchen, eine Peitsche, ein zusammengerolltes Seil und eine schwarze Augenbinde aus Samt lagen darin. Er griff vorsichtig hinein, als hätte er Angst, etwas davon zu zerstören, und holte das Kärtchen heraus. Er las zum wiederholten Male ihre Nachricht.

Unterwirf mich!

Fick mich!

Heute Abend… nach der Vorstellung

in deiner Garderobe!

Christina

10

Diese Zeilen erhöhten seinen Pulsschlag ungemein. Sanft führte er das Kärtchen an seine Lippen und küsste es. Wenn er an Christina Damon dachte, schnürte ihm die Begierde nach ihr und nach ihrem schönen Körper die Kehle zu. Sie wurde zunehmends trockener und zu allem Überfluss raste sein Herz so sehr, dass er jedes Mal befürchtete, es müsse bei einem weiteren Gedanken an sie zerspringen. Er begehrte diese Frau, er war verrückt nach ihr, er wollte noch nie irgendjemanden so sehr wie sie. Und nun sollte er tatsächlich bekommen, worauf er schon so lange gewartet hatte.

Sein Herzschlag überschlug sich, als er an sie dachte. Er war sogar ziemlich nervös, denn Sex hatten beide noch nicht zusammen gehabt. Die Gier nach Sex war aber genau das, wonach er sich schon seit Tagen sehnte, wenn er nachts alleine im Bett lag und über ihre wilde Affäre nachdachte.

Sein Herzschlag wurde immer lauter, deshalb hörte er in diesem Augenblick beinahe nicht das leise Klopfen an der Tür.

Manuel drehte sich blitzartig um und schritt eilig zur Tür. Als er sie sah, fühlte er sich, als hätte ihn im selben Moment eine Abrissbirne erfasst. So erging es ihm fast immer, wenn sie sich trafen, und er in ihr makelloses Gesicht sah.

Vor ihm stand das begehrenswerteste Model Christina Damon, New Yorks beliebtestes It-Girl seit dem Hype mit dem *Sex and the City Star* Sarah Jessica Parker. Man konnte wirklich keine Zeitschrift aufschlagen, ohne ihr abgöttisch schönes Gesicht bewundern zu können oder aber ihre weiblichen Rundungen, die jedes Männerherz höher schlagen ließen. Sogar für den Playboy hatte sie schon mehrfach posiert. Nun stand diese Frau, die ihn wahnsinnig vor Begierde machte und eine unbändige Sexgier in ihm auslöste, vor seiner Tür. Er begehrte sie sehr.

Christina lächelte ihn wie ein männerverschlingender Vamp an und wackelte kokett mit ihrem Po. Ihren nackten Körper umhüllte lediglich ein schlichter schwarzer Ledermantel und ihre blonde Haarmähne bedeckte fast ihren ganzen Rücken.

Sie ist der Gipfel der Sinnlichkeit, schoss es ihm durch den Kopf. Genau dasselbe Lächeln schenkte sie ihm, das ihn seit Tagen schon um den Verstand brachte. Verführerisch knöpfte sie den Mantel auf. Quälend langsam. Es war nicht nur ihre Schönheit, die ihn blendete, die er begehrte, vielmehr waren es ihre Verruchtheit und sexuelle Freizügigkeit, die ihm schon manche schlaflosen Nächte beschert hatten.

Manuels Blick haftete auf ihrer nackten Haut. Sein Herzschlag überschlug sich. Ihre prallen Brüste, ihre stehenden Nippel, ihre rasierte Möse, all das brachte ihn um den Verstand, lähmte seinen Verstand, ließ ihn zum Tier werden. Wild und unbeherrscht wollte er sein, sie zähmen, sie unterwerfen, sie ficken, so wie sie es sich von ihm wünschte. Sein Atem beschleunigte sich, und er konnte es nicht verhindern, dass sich sein Penis bei diesem geilen Anblick in seiner Hose regte und mit einem Schlag anschwoll. Manuel wurde heiß. Er fühlte, wie ihm das Blut durch seine Adern schoss, wie sein Penis ersteifte und seine Hose am Schaft beulte. Sie war für ihn die personifizierte Sinnlichkeit.

„Bist du bereit?", fragte sie. Ihre Stimme war so zart, so sanft, so zuckersüß wie ihre vollkommene Schönheit, das Trugbild ihrer grenzenlosen Verruchtheit. Aber diese tarnte sie geschickt hinter der perfekten tugendhaften Fassade einer ehrbaren Frau, wenn sie sich in einen männerverschlingenden Vamp verwandelt hatte.

Und dieses sündhafte Trugbild traf ihn jedes Mal aufs Neue wie ein Blitzschlag. Sein Verstand setzte aus und sein Schwanz regierte von nun an sein weiteres Vorgehen. „Ja." Mehr Worte brachte er bei diesem zügellosen Anblick nicht über seine Lippen.

Christina war diejenige, die immer die Initiative ergriff, um so die Kontrolle über die Situation zu behalten. Sie umarmte ihn ungestüm und küsste ihn zärtlich auf die Lippen, während sie mit der Hand geschickt den Reißverschluss seiner Hose öffnete, um seinen steifen Penis daraus zu befreien. Sie rieb daran und berührte ihn zärtlich am Schaft, weil sie ihm dadurch ein kurzes, lustvolles Stöhnen entlocken wollte.

„Dein Schwanz ist hart. Das ist gut. Das ist sehr gut.", sagte sie mit einem Lächeln im Gesicht, das ihm sofort verriet, dass er heute entschieden mehr bekommen sollte als nur diesen einen Kuss. Ihre frivolen Worte schürten das Feuer in seiner Brust und nährten sein unbändiges Verlangen nach ihr.

Christina ließ ihn abrupt los und stieß ihn sanft beiseite. Sie ging an ihm vorbei und schritt langsam auf den Stuhl zu, der vor dem großen Spiegeltisch stand. Sie packte ihn an der Lehne und schleifte ihn in die Mitte des Zimmers, um sich darauf niederzulassen. *The show must go on,* murmelte sie so leise, dass man sie fast nicht verstehen konnte. Als sie endlich auf dem Stuhl saß, spreizte sie ihre Beine soweit es ihr möglich war und gewährte Manuel dadurch eine nahezu perfekte Aussicht auf ihr weibliches Geschlecht, in seinen Augen die weibliche Vollkommenheit überhaupt.

Manuel schmiss die Tür hinter sich zu, während er ihr mit gierigen Blicken folgte. Immer schneller musste er atmen, um Luft zu bekommen. Er konnte immer noch nicht fassen, dass sie völlig nackt, mit nur einem Mantel bekleidet, in seiner Garderobe auf seinem Stuhl saß und ihm so ungeniert ihre rasierte Möse präsentierte. Noch nie im Leben war er so lüstern auf eine Frau gewesen. Unbewusst verriegelte er die Tür, um ungebetenen Gästen den Zutritt zu verwehren.

In dem sanften Licht des Spiegeltisches schimmerte Christinas nasse Scheide wie ein Meer aus Brillantsplittern. Ihre Schamlippen waren in Lustsaft getränkt, der sich langsam seinen Weg zu ihren Schenkeln bahnte und auf den dunklen Lederbezug des Stuhles tropfte. Christina führte ihre Hand zum Mund und leckte sich verführerisch über die Finger. Sie beherrschte ihr Geschäft perfekt. Lustvoll strich sie sich mit der Hand über ihr Dekolleté, knetete gierig ihre Brüste, zwirbelte neckisch an ihren harten, stehenden Nippeln und fuhr anschließend langsam über ihre samtweiche Haut am Bauch entlang zur Vagina hinunter. Zärtlich berührte sie sich, während er sie dabei wie ein sexhungriges Tier beobachtete. Pure Lust stand ihm ins Gesicht geschrieben. Das sah sie sofort. Lüstern leckte sie sich über die Lippen und warf ihm einen Luftkuss zu. „Leck die Fotze deiner kleinen, geilen Hure! Und unterwirf sie!", sagte sie mit rauer Stimme. „Deinen ersten Wunsch habe ich dir bereits erfüllt... ich habe mich unterworfen... und du wirst teuer dafür bezahlen. Auch in Zukunft. Das verspreche ich dir..." Sie wusste mit liebestrunkenen Männern umzugehen und sie ahnte bereits, dass er ihr schon bald aus der Hand fressen würde. Alles würde er mit sich machen lassen, nur um sie zu besitzen. Und davon lebte sie.

Manuel hörte zwar ihre Worte, doch wollte er nicht begreifen, dass sie ernst zu nehmen waren. Für ihn klangen sie allesamt wie zuckersüße Liebesbeweise, nein, Liebeserklärungen, die sie ihm zurief. So unberechenbar machte ihn seine blinde Liebe. Er eilte zur Kommode und holte die Utensilien aus der Schachtel. Er hatte sich von ihr wünschen dürfen, mit welchen Sexspielzeugen sie sich unterwerfen sollte. Sie hatte ihm diese drei Gegenstände dann am Nachmittag per Boten zukommen lassen, damit er sich seelisch und moralisch darauf vorbereiten konnte. Sie wusste um seine Schüchternheit, die sie im Grunde genommen ziemlich reizvoll fand. Sie, die Erfahrene, unterwirft sich dem Greenhorn. Das belustigte sie einerseits sehr.

Manuel betrachtete für einen kurzen Moment die Gegenstände in seinen Händen. Der Gedanke, sie gleich an den Stuhl zu fesseln, erregte ihn sehr. Er ging auf sie zu. Erst nachdem er ihr die Augenbinde umgelegt hatte, fühlte er sich ungezwungener, freier, mutiger. Behutsam fesselte er ihre Beine an den Stuhlbeinen fest und ihre Arme hinter der Lehne. Nun kniete er sich vor ihr nieder. Ihre Möse sah so saftig aus, so appetitlich bot sie sich ihm dar. Aus den Augenwinkeln heraus konnte er erkennen, dass sie ihren Blick nicht senkte und unter der Augenbinde auch nicht sehen konnte,

14

was er mit ihr vorhatte. Hätte er sich nicht für seine lüsternen Gedanken geschämt, hätte er sie zusehen lassen, wie er ihre liebliche Spalte ausleckte. Aber er schämte sich vor ihr, sie mit seiner Zunge oral zum Höhepunkt zu treiben, nur um sie anschließend dann mit der Peitsche zu liebkosen. Hierfür gab er die alleinige Schuld seiner Mutter, die ihm in ihrem religiösen Wahn, der schon an Fanatismus grenzte, jegliche abartigen Sexpraktiken und widernatürlichen, sexuellen Wünsche schon in seiner frühen Jugend ausgetrieben oder es zumindest so gut es ging versucht hatte. Manuel wäre wohl ansonsten nicht so verklemmt wie heute. Er hatte so seine Probleme damit, eine Frau oral zu verwöhnen und sich dem Lustspiel entspannt hinzugeben, wenn er wusste, die Frau beobachtete ihn dabei. Obwohl Christina das begehrteste It-Girl der Stadt war und in dieser Hinsicht mit Sicherheit schon mehr Erfahrungen in Sachen Sex gesammelt hatte als er, wagte er es dennoch, sie zu umwerben. Er hatte seine Eifersucht einfach unterdrückt. Manuel versuchte nicht daran zu denken, wie viele Männer schon das Vergnügen mit ihr gehabt hatten. Die Presse hatte hierüber ja schon oft genug berichtet, als er sie noch aus der Ferne angehimmelt hatte. Das war aber alles vor seiner Zeit, daher interessierte es ihn heute nicht mehr. Er wollte sie besitzen seit dem Tag, als er das erste Mal von ihr erfahren hatte. Den Gedanken an ihre sexuelle Freizügigkeit verdrängte er einfach.

Und nun präsentierte sie ihm ihre Scham in ihrer vollen Pracht. Da sie an den Stuhl gefesselt war, konnte sie sich nicht gegen ihn wehren und müsste somit alles hinnehmen, was er nun für sie vorgesehen hatte. Es war sein innigster Wunsch, sie zu unterwerfen, das hatte er ihr gesagt, und nun gab sie ihm, worauf er schon seit einer Ewigkeit gewartet hatte.

Vorsichtig tippte er mit seinem Zeigefinger auf ihre Schamlippen. Zärtlich strich er ihr mit den Fingern darüber, fuhr sie sanft der Länge nach auf und ab, um sich dann langsam dicht über Christinas einladende Möse zu beugen und ihre Scham mit seiner Zunge zu berühren. Er fühlte eine wohlige Wärme, die von ihrer Lustzone ausging, ihre seidige Haut zwischen ihren Schenkeln benebelte seine Sinne, ihre feuchte Mitte trieb ihn in den Wahnsinn und ihr Lustsaft schürte sein Verlangen. Er kostete von ihrem salzig schmeckenden Saft, er roch an ihrer feuchten Geilheit. Das machte ihn wahnsinnig vor Begierde. Zügellos fing er nun an, ihr über die Vagina zu lecken. Er konnte gar nicht genug von diesem köstlichen Saft bekommen, den ihre Lustgrotte verströmte. Sein Schwanz schmerzte ihn sehr. Er ragte aus der Hose und wartete darauf, gerieben zu werden. Nichts wünschte er sich in diesem Moment sehnlicher als einen erlösenden Orgasmus, der wie eine riesige Flutwelle über ihn hereinbrechen sollte, um seine verruchten Gedanken fortzuspülen.

„O ja, leck mich! Härter... fester... o ja, gut...fahr richtig fest mit deiner Zunge drüber...", stöhnte Christina. Ihre Stimme klang rau vor Begehren. Es war ihr nur möglich, die Hüften leicht über dem Stuhl kreisen zu lassen. Manuel hatte gute Arbeit geleistet und sie mit seiner Fesslung nahezu bewegungsunfähig gemacht.

Manuel konnte sich kaum zügeln. Wild und unbeherrscht wirbelte seine Zunge über Christinas feuchte Möse. Fest rieb er über ihre zarten Falten. Doch er wollte ihr keinen Höhepunkt bescheren, ohne selbst zu kommen. Mit der rechten Hand umschloss er fest seinen steifen Penis und rieb kräftig daran, während er mit der Zunge an ihrer Spalte lutschte wie an einer leckeren Süßigkeit. Doch kurz bevor sein Höhepunkt herannahte und ihn wie eine gewaltige Flutwelle zu überschwemmen drohte, ließ er von ihr ab und erhob sich hastig. Er richtete sich vor ihr auf. Sein gewaltiger Körper wirkte wie ein Monument. Sein muskulöser Körper glich dem eines griechischen Athleten; er war außerordentlich gut durchtrainiert und von Gott mit einem Six-Pack gesegnet worden. Seine Lenden stießen nun an ihr zartes Kinn und sein harter Schwanz berührte ihre weichen Lippen. „Nimm ihn in den Mund! Bitte...", flehte er mit heiserer Stimme. Er versuchte zwar, seinen Worten den nötigen

16

Nachdruck zu verleihen, doch es gelang ihm nicht. Am Ende klang sein Befehl eher wie eine klägliche Bitte. Seine Erektion schmerzte schon vor wildem Verlangen nach ihr und wollte mit aller Macht befriedigt werden.

Christina beherrschte ihr Geschäft wirklich gut. Sie hatte sich nicht ohne Grund Manuel Corrasco ausgesucht. Nicht nur wegen seines makellosen Äußeren und seiner animalischen Männlichkeit, nein, vielmehr, weil er am Broadway ein Star war und sein Bankkonto laut der *Yellow Press* acht Stellen bereits weit überstieg. Sein Ruhm und sein unermesslicher Reichtum reizten sie, sich diesen Single zu angeln. Sie wusste, dass sie bei diesem Geschäft die lukrativsten Geschenke absahnen konnte, und es würde ihr finanziell sicherlich an nichts mangeln. Sie hatte sehr früh erkannt, dass sich dieser schüchterne Mexikaner in sie verliebt hatte und bereit dazu war, uneingeschränkt auf ihre Forderungen und ihre Wünsche einzugehen. Lächelnd öffnete sie ihren Mund, um die Männlichkeit dieses schüchternen Ausnahmekünstlers in sich aufzunehmen. Zärtlich berührte sie mit ihrer Zungenspitze seine Eichel. Sie umkreiste sie, biss sanft mit ihren Zähnen in das zarte Fleisch, bevor sie ihn mit ihrem Mund verschlang. Nun begann sie heftig seinen Schwanz zu blasen.

„Christina…", mehr brachte er nicht heraus, als er ihre warmen Lippen auf seinem Glied spürte. Er fühlte, dass er seinen Höhepunkt nicht mehr aufhalten konnte. Völlig überreizt und von dem einzigen Wunschgedanken beseelt, sich Christina sexuell gefügig zu machen, ergoss er sich innerhalb weniger Sekunden in ihr.

Christina war klar, dass es nicht lange dauern konnte, bis er seinen Orgasmus bekam. Das war noch nie anders gewesen, wenn sie sich an ein Greenhorn herangemacht hatte. Daher war sie schon längst darauf vorbereitet gewesen, seinen Saft zu schlucken, noch bevor sie richtig loslegte. Doch mit dieser Menge an Sperma hatte sie nicht gerechnet. Als sie den letzten Tropfen aus seinem Penis herausgepresst hatte, zog er ihn aus ihrem Mund wieder heraus. Mit

17

einem Lächeln im Gesicht leckte sie sich mit der Zunge über die Lippen.

Manuel warf sich vor ihr auf die Knie und küsste wie besessen ihre weiche, sanfte Haut, ihre Brüste, ihren Hals, ihre weiblichen Rundungen. Er war überglücklich, die Frau zu besitzen, die er schon seit Monaten begehrte.

„Komm herauf, Manuel. Lass mich deinen weichen Schwanz mit meinen geübten Lippen wieder hart werden lassen. Ich will, dass du mir die Seele aus dem Leib fickst. Und zwar jetzt!" Manuels Penis war in ihren Augen ein Prachtexemplar. All die Schwänze, die sie bis zum heutigen Tage befriedigt hatte, waren nur mittelmäßig groß und nur mittelmäßig hart und dick, doch dieser Schwanz war übermäßig groß und steinhart. Das hatte sie sofort gefühlt, als sie ihn an der Tür das erste Mal berührt hatte und das hatte sich nun bestätigt, als sie ihn auch noch mit ihrem Mund hatte oral verwöhnen dürfen.

Manuels Herz pochte ungestüm in seiner Brust. Es wollte sich gar nicht mehr beruhigen lassen. Wie in Trance erhob er sich und streckte ihr seinen erschlafften Penis hin. Er traute sich dies alles nur allein deswegen, weil sie ihn nicht dabei beobachten konnte. Sie sah ihn nicht, sah nicht seine Erregung, seine Gier, und das ermutigte ihn zu sexuellen Handlungen, zu denen er ansonsten nicht fähig gewesen wäre, und die er von Zeit zu Zeit in Bordellen auslebte, wenn ihn die Sucht nach Befriedigung in den Wahnsinn trieb, und er sich nicht anders Befriedigung verschaffen konnte als bei einer Hure. Doch nach jedem Besuch in einem Bordell überkam ihn die Scham, und er besuchte dieses Etablissement nie wieder.

Manuel spürte Christinas sanfte, weiche Lippen, die seinen Penis umschlossen. Sie saugte an seinem Glied, und die Wärme und Nässe ihres Kussmundes erregten ihn aufs Neue so sehr, dass er fühlte, wie sich sein Glied langsam wieder aufrichtete. Als es steinhart wurde, ließ Christina von ihm ab. „Fick mich jetzt!" Ihre Stimme zitterte vor Erregung, denn sie war *Nymphomanin* aus Leidenschaft.

Manuel löste ihre Fesseln, bat sie jedoch, die Augenbinde nicht abzunehmen.

Christina ließ sich auf allen vieren vor ihm nieder und streckte ihr pralles Hinterteil in die Höhe. „Fick mich! Meine süße, geile Fotze ist schon ganz ungeduldig...", hauchte sie. Verführerisch ließ sie ihre Hüften kreisen. „Oder hast du plötzlich Angst bekommen, weil ich nicht mehr gefesselt bin?", fragte sie neckisch.

Manuel kniete sich vor ihr nieder, berührte mit beiden Händen ihren prallen Hintern, zog behutsam ihre Pobacken auseinander und drang, ohne länger darüber nachzudenken, in das Objekt seiner Begierde ein. Immer schneller bewegte er seine Hüften vor und zurück und betrachtete dabei seinen Penis. Es heizte ihm mächtig ein zu beobachten, wie sich sein dicker Schwanz in ihr bewegte, zu sehen, wie er aus der feuchten Spalte seiner Traumfrau kurz auftauchte, um dann wieder tief in ihr einzutauchen. Sie war eng und die feste Reibung steigerte seine Lust ins Unendliche. Christinas enge Lusthöhle machte ihn wahnsinnig vor Erregung, ihr leises Stöhnen brachte ihn an den Rand des Wahnsinns, raubte ihm seinen Verstand. Das Blut schoss in rasendem Tempo durch seine Adern. Und er war nur von einem einzigen Gedanken beseelt: Endlich hatten sich seine Träume erfüllt! Träume von Dominanz, Unterwerfung, von unbändigem Verlangen und unstillbarer Begierde.

„Du fickst wie ein junger Gott...", rief sie ihm leise zu und bewegte ihre Hüften im Rhythmus seiner gewaltigen Stöße.

O Gott, hat sie das wirklich gerade gesagt?, schoss es ihm durch den Kopf. Es machte ihn glücklich zu wissen, dass es ihr gefiel, wie er sie unterwarf. Es schmeichelte seiner Männlichkeit sehr und er bemühte sich, noch kräftiger zu stoßen, sich noch schneller zu bewegen, um ihre Wollust bis ins Unermessliche zu steigern.

„Schlag mich!", stöhnte sie laut und presste ihren Unterleib fest gegen seine Lenden, um seine Männlichkeit noch tiefer in sich aufnehmen zu können. Sie bäumte ihren Hintern auf und kreiste damit auf und ab. Ihre Bewegungen wurden immer schneller und trieben seinen Pulsschlag rasant voran. Wie benommen griff er nach der Peitsche, die er neben sich auf dem Boden platziert hatte. Während der rhythmischen, langsamen Bewegungen, streichelte er sanft ihren Rücken mit der Peitsche, hob seine Hand leicht an und ließ einen sanften Schlag auf sie herab. Sie zuckte zusammen, und er spürte, wie sich ihre Vagina zusammenzog. Dieses wohlige Gefühl, das die Enge ihrer Lusthöhle auslöste und das Gefühl, von ihren Schamlippen eng umschlungen zu sein, ließ noch mehr Blut in seine steife Erregung schießen. Er hatte fast schon das Empfinden, sein Penis müsse gleich explodieren, so eng umschlossen war er von ihrem saftigen Geschlecht. In rasendem Tempo nahte sein Orgasmus heran, den er kaum noch unterdrücken konnte. Er wollte stark bleiben, doch dieses erregende Gefühl fing langsam an, ihn höllisch zu schmerzen. Nur ein Orgasmus allein hätte ihm die erlösende Befreiung gebracht. Und auch der Peitschenhieb hatte eine verwegene Lust in ihm ausgelöst, nämlich die Begierde, diese Frau nicht nur sexuell zu unterwerfen, sondern sie auch durch Schläge gefügig zu machen. Immer schneller bewegte er seinen Unterleib, immer kräftiger rieb er seinen Schwanz an ihrer Möse, immer feuriger wurden die Peitschenhiebe, bis ihn der erlösende Orgasmus überschwemmte wie eine riesige Flutwelle. Er ergoss sich in ihr und stieß seinen Penis tief in sie hinein. Als das erhitzte Gefühl in seinen Lenden wieder abebbte und seine Erektion langsam erschlaffte, zog er sich langsam wieder zurück.

„Du kannst nicht nur gut singen, sondern auch gut ficken.", sagte sie lachend und wandte sich ihm zu. „Darf ich die Augenbinde jetzt wieder abnehmen?", fragte sie und wartete auf seine Antwort.

Manuel schoss die Schamesröte plötzlich ins Gesicht. Er wollte antworten, doch mehr als ein leises Japsen brachte er nicht über die Lippen. Hastig erhob er sich, zog seine Hosen hoch und schloss den Reißverschluss. „Ja.", sagte er beschämt.

Christina nahm die Augenbinde ab. Sie erhob sich ebenfalls und schmiegte ihren nackten Körper an seinen. Sie stand auf den

Zehenspitzen und berührte seine Lippen mit den ihrigen. „Küss mich.", sagte sie vollkommen befriedigt. Sie war mit sich und ihrem Geschäft sehr zufrieden.

Zärtlich küsste er sie. Das machte ihm keine Angst, dessen schämte er sich keineswegs. Nur der Sex, der löste in ihm ungewollte Schamgefühle aus. Leidenschaftlich hielt er sie in seinen Armen und liebkoste ihren Hals, ihr Dekolleté, ihren Nacken, ihre Wangen, ihr Näschen. Er hatte das unbändige Verlangen, sie verschlingen zu wollen, so sehr begehrte er dieses liebliche Geschöpf, das ihm heute gab, wonach er sich so sehr gesehnt hatte. Blind vor Liebe beteuerte er ihr seine Ergebenheit.

Sie löste sich geschickt aus seiner Umarmung. „Bekomme ich jetzt mein Geschenk?", fragte sie schon fast ungestüm. In ihrer Stimme lag eine gewisse Schärfe verborgen. Sie war es normalerweise nicht gewohnt, eine Vorleistung zu erbringen, doch bei diesem liebestollen Narren war sie sich sicher zu bekommen, was sie wollte, auch wenn er von ihren Liebesdiensten bereits ausgiebig gekostet hatte.

„Natürlich." Manuel eilte zum Schminktisch und zog die unterste Schublade auf. Er holte ein kleines Päckchen heraus, das in Silberpapier eingewickelt war. Er hatte ihr sogar noch einen größeren Ring gekauft, als sie es sich von ihm gewünscht hatte. Er wollte sie damit überraschen, denn er verehrte sie, vergötterte sie geradezu.

„Hier." Voller Vorfreude auf ihr überraschtes Gesicht, hielt er ihr das Geschenk unter die Nase.

Doch ihre Reaktion war bei Weitem nicht die, die er erwartet hatte.

Christina nahm ihm das Geschenk aus der Hand und wickelte es hastig aus, öffnete die Schatulle und zog einen Brillantring heraus. Der Stein glitzerte im Lampenschein der Spiegelwand. Sie steckte ihn an ihren Finger.

„Und? Gefällt er dir?" Manuel fieberte förmlich darauf hin, eine Antwort von ihr zu bekommen. „Und? Sag schon! Bitte.", drängte er liebevoll.

„Ganz nett.", erwiderte sie kühl. Aus Prinzip zeigte sie niemals, wie sehr ihr etwas gefiel. Sie fand diese Methode recht nützlich, denn sie wollte vermeiden, dass ihre Lover übermütig wurden, nur weil sie ihr ein Schmuckstück gekauft hatten, das sie sich selbst nicht leisten konnte.

Manuel verbarg seine Enttäuschung. „Was machen wir jetzt?", fragte er leise.

„Wir fahren zu dir und ich zeige dir, wie sehr mir der Ring gefällt." Sie lächelte. Natürlich wusste sie, wie sie ihre Eroberungen bei Laune halten musste.

Manuel willigte sofort ein. In dieser Nacht erfüllte ihm Christina all seine nächtlichen Träume und bescherte ihm dadurch den Sex des Jahrhunderts. Und so begann Manuel Corrasco eine wilde und leidenschaftliche Affäre mit Christina Damon.

■■■

Zwei Monate später…

Manuel plagte die Eifersucht. Schon lange spürte er, dass sich in ihrer Beziehung irgendetwas verändert hatte. Christina erschien ihm kühler und distanzierter und hatte plötzlich immer weniger Zeit für ihn.

Er saß in seiner Garderobe und dachte über sie nach. Er bemerkte nicht, dass sich die Tür leise öffnete.

„Dein Auftritt fängt gleich an.", sagte Bill.

Manuel drehte sich erschrocken um. „Ich komme gleich… Bill? Ist sie da?"

Bill schüttelte den Kopf. „Sie wird bestimmt noch kommen. Du kennst sie ja, sie verspätet sich gern."

Manuel nickte. „Gut. Bin gleich da."

Er wusste, dass sie auch heute nicht kommen würde. Auf seine Fragen, wieso, weshalb, warum, ging sie nicht ein, vielmehr wich sie ihnen immer wieder geschickt aus. Doch heute würde er sie zur Rede stellen, sollte sie nicht zu seiner Premiere erscheinen. Das hatte er sich fest vorgenommen.

Manuel konnte sich kaum auf den Gesang konzentrieren, vergaß sogar zwischendurch seinen Text. Er konnte den Blick einfach nicht von ihrem Platz abwenden. Dieser war leer und er blieb auch die ganze Zeit über leer. Sie war tatsächlich nicht gekommen. Wie konnte sie ihm das nur antun? Er fühlte, dass er immer schlechter sang, dass er nahe daran war, seine Stimme zu verlieren, er spürte förmlich, dass die Begeisterung des Publikums schwand, doch er konnte einfach nichts dagegen tun. Er war wie gelähmt und schob alles auf seine äußerst schlechte seelische Verfassung. Und das übertrug sich natürlich auf seinen Gesang. Sein jahrelanges Bemühen um sein künstlerisches Vorankommen, seine harte Arbeit, seine steile Karriere als *Newcomer*, sein eigener Stern auf dem Boulevard, all das verlor mit einem Mal an Bedeutung, denn sie war nicht hier.

Der Applaus der Zuschauer war mittelmäßig.

Aber damit hatte er schon gerechnet. Schließlich war er schlecht, und er wusste, dass er nicht sein Bestes gegeben hatte.

Als Manuel in die Garderobe zurückkam, wartete Bill schon auf ihn. Er übergab ihm einen verschlossenen Umschlag. „Für dich. Sie war hier. Hatte keine Zeit zu bleiben… ich soll dir das geben."

Manuel starrte wie gebannt auf den Umschlag und riss ihn Bill fast aus der Hand. „Danke, Bill. Lässt du mich bitte allein.", sagte er leise.

Bill nickte und verließ die Garderobe.

Manuel starrte auf den Umschlag. Er ahnte, dass er nichts Gutes enthielt. Er hatte Angst, Angst, diesen Brief zu lesen. Er hatte Angst, ihn zu öffnen. Er hatte Angst, dass sich seine Befürchtungen bewahrheiten würden, dass sie ihn verließ, verließ mit nur diesem einen einzigen Brief, verließ mit diesem Brief, den er krampfhaft in Händen hielt. Langsam riss er ihn auf. Er zog ein gefaltetes Blatt Papier heraus und las mit zittriger Hand Christinas Zeilen.

Es war eine schöne Zeit mit dir, aber alles hat irgendwann ein Ende.

Ich habe vor einigen Wochen Leonardo di Capri kennengelernt und er ist wirklich sehr nett zu mir. Er hat mich gebeten, ihn zum Set nach Kanada zu begleiten. Er hat mir von seinem neuen Film erzählt... er wird bestimmt super.

Manuel, ich habe zugesagt. Nimm es mir nicht übel. Wir hatten viel Spaß zusammen, doch jetzt sollte jeder wieder seiner eigenen Wege gehen. Versuche mich nicht zurückzuholen, denn ich habe mich entschieden.

Lebe wohl!

Christina

Manuel schloss die Augen und versuchte, seine Tränen mit aller Macht zu unterdrücken, die ihm in diesem Moment aus den Augen schießen wollten. Der Druck in seiner Brust zerriss ihn schier. Er konnte nicht fassen, dass seine große Liebe mit nur einem einzigen Brief zu Ende sein sollte. Er wollte es nicht glauben. Er öffnete die

Augen, um noch einmal diesen Brief zu lesen, sich nochmals davon zu überzeugen, dass er sich nicht verlesen hatte, sicher zu gehen, dass es sich hierbei um keinen Albtraum handelte.

Er las.

Er las ihn noch ein drittes, ein viertes Mal. Doch es war immer wieder derselbe Wortlaut.

Er fuhr sich mit den Händen durchs Haar, zerwühlte es, als könnte er dadurch das Unglück von sich abschütteln. Die Verzweiflung überrollte ihn wie ein herannahender Zug. Dann vergrub er sein Gesicht in seinen Händen und ließ seinen Tränen freien Lauf, die sich ihren Weg über seine Wangen bahnten und auf den Tisch fielen. Doch seine Tränen linderten den tiefen Schmerz in seiner Brust nicht im Geringsten.

■■■

Eine Stunde später...

Bill horchte an der Tür. Er hörte keinen Laut. Er machte sich Sorgen um seinen Freund. Er klopfte, doch er bekam keine Antwort.

Leise öffnete er die Tür. „Manuel? Alles in Ordnung?"

Manuel wandte sich ihm zu. Er sah entsetzlich aus. „Ja. Alles in Ordnung.", sagte er mit gebrochener Stimme. Seine Tränen waren längst getrocknet und an ihre Stelle trat nun ein gewaltiger Schmerz, der sich in seiner Brust breitmachte und ihn zu ersticken drohte wie eine gewaltige Schneelawine, unter deren Last er kaum zu Atem kam. Er fühlte, dass er daran zerbrechen würde.

„Kommst du?", fragte Bill, denn er glaubte nicht im Geringsten daran, dass alles in Ordnung sei.

„Nein. Heute nicht. Geh alleine hin und richte Alice einen schönen Gruß von mir aus. Sie soll nicht sauer sein... fühle mich nicht gut... sag ihr, ich habe starke Kopfschmerzen. Ich geh nach Hause." Manuel wandte sich dem Spiegel zu und betrachtete sein Spiegelbild. Er war ein schlechter Lügner, lügen konnte er noch nie gut. Das wusste er. Doch die Verzweiflung ließ ihn erstarren wie eine Statue.

„Ich kann auch hier bleiben...", setzte Bill schon an.

„Nein!", unterbrach er ihn. „Meine Schwester freut sich, dich zu sehen... ich weiß es. Geh ruhig. Wir sehen uns dann morgen."

Bill nickte ihm zu und schloss hinter sich wieder die Tür.

Manuel betrachtete sein Spiegelbild. „Christina...", murmelte er leise und schloss die Augen.

■■■

Drei Tage später...

„... na und?!", zischte Christina Damon durchs Telefon. „Ich habe Schluss gemacht, ganz einfach.", erwiderte sie auf die Vorwürfe ihrer Schwester hin. „Es ist *mein* Leben und *ich* entscheide darüber, ich entscheide, was ich tun will und was nicht, mit wem ich zusammen sein will und wem ich einen Arschtritt verpasse..."

„Auch wenn es *dein* Leben ist... aber wie konntest du ihm das nur antun?! Er war so nett zu dir... du hast ihm die ganze Zeit nur etwas vorgespielt... so wie du allen immer irgendetwas vorspielst."

Sie war außer sich vor Wut, vor Enttäuschung. Seit über einem Jahr himmelte sie den Sänger Manuel Corrasco an, träumte sogar nachts von ihm, und bekam den ersten bitteren Schlag mitten ins Gesicht, als sie aus der Presse erfahren hatte, dass ihre Schwester mit diesem berühmten Sänger eine heiße Affäre haben sollte. Der zweite Schlag traf sie am frühen Morgen, als sie wieder aus der Presse erfuhr, dass ihre Schwester diesem berühmten Sänger den Laufpass gegeben hatte, um mit dem Schauspieler di Capri nach Kanada durchzubrennen. Einen leidenschaftlichen Liebesurlaub sollten beide dort verbringen, hieß es. Der dritte Schlag traf sie dann, als ihr ihre Schwester unverblümt gesagt hatte, dass sie es aufgeben solle, an Manuel Corrasco zu denken, da sie bei weitem nicht ihre Größe und Berühmtheit besäße.

26

„Christina, wieso bist du nur so?", fragte sie enttäuscht. Sie hatte am Morgen der Presse keinen Glauben schenken wollen, also hatte sie sich nach langem hin und her dazu entschlossen, am Nachmittag ihre Schwester anzurufen. Sie wollte wissen, ob es die Wahrheit war. Ihr ins Gewissen reden. Und dann das. Eigentlich sollte sie ja froh darüber sein, dass Manuel Corrasco nun nicht mehr mit ihrer Schwester zusammen war, aber sie war es nicht. Sie ahnte, dass er nun leiden würde, dass er sogar große seelische Qualen erleiden musste, so wie sie gelitten hatte, als sie erfahren hatte, dass ihre große Liebe, die sie nur aus der Ferne angehimmelt hatte, mit ihrer einzigen Schwester liiert war.

„Kümmere dich um deinen eigenen Kram, Schwesterherz, und lass mich mit deinem Gelaber in Ruhe! Begreif das endlich!" Christina war wirklich ein garstiges Biest. „Sonst noch was?", zischte es durchs Telefon.

„Nein.", erwiderte sie kleinlaut.

„Ich muss jetzt auflegen. Leonardo kommt in einer halben Stunde… hör zu, Steph, sag Mom, dass sie nicht alles glauben soll, was in der Presse steht… beruhige sie. Bitte. Du kennst sie ja. Tu's ihr zu Liebe…"

„Dann heißt das also, du kommst wieder nicht vorbei?", unterbrach sie sie. Ihre Enttäuschung konnte sie nicht verbergen.

„Nein… geht leider nicht. Sag ihr, ich werde sie anrufen." Christina war es leid, den Kontakt zu ihrer Familie zu pflegen. Die Armut, aus der sie vor mehr als einem Jahr ausgebrochen war, widerte sie regelrecht an.

„Na, gut. Dann will ich dich nicht mehr länger aufhalten." Sie legte auf, ohne ein weiteres Wort zu verlieren.

■■■

Vier Monate später…

Manuel Corrasco verließ die Bühne. Den nahezu euphorischen Applaus des Publikums nahm er nicht wirklich wahr.

Nachdem ihn Christina Damon verlassen hatte, hatte er kurz darauf seine große *Europa Tournee* abgeblasen und sämtliche Konzerte abgesagt, um der Öffentlichkeit für einige Wochen den Rücken zu kehren und sich dem Klatsch der Presse zu entziehen. Er hatte sich in sein Heimatdorf in Mexiko zurückgezogen, um dem Rummel zu entgehen. Die Einsamkeit schien das Einzige zu sein, was seinen Liebeskummer erträglicher machte. Die Welt war schockiert über sein Verhalten, die *Yellow Press* nahm ihn auseinander, dichtete ihm an, ein Trinker geworden zu sein, doch das tat seinem Ruhm keinen Abbruch. Seine Alben verkauften sich wie verrückt und hielten sich wochenlang auf Platz 1 der Charts. Seine Fans hatten Mitleid mit ihm und verachteten Christina Damons Verhalten. Die Menge schlug sich auf Manuels Seite, seine Fans blieben ihm nach wie vor treu ergeben und hofften auf ein baldiges *Comeback*.

Seine erste Vorstellung nach der langen Pause war ein wahrhaft großer Erfolg. Die Plätze waren komplett ausverkauft, doch der Erfolg bedeutete ihm nichts. Seine Musik, die er so sehr geliebt hatte, bedeutete ihm nichts mehr. Er stand allein seiner Familie zu Liebe wieder auf der Bühne, die ihn dazu gedrängt hatte; allen voraus seine geliebte Schwester Alice, die fürchterlich darunter gelitten hatte, ihren großen Bruder derart leiden zu sehen.

Bill wartete schon in der Garderobe auf ihn und umarmte ihn freundschaftlich, als er eintrat. „Hörst du sie klatschen... Manuel, du bist wieder voll im Rennen." Er freute sich sehr darüber, dass sein bester Freund, sein Schwager um genau zu sein, sich wieder seiner Karriere widmete. Für ihn zählte Manuel Corrasco zu den großartigsten Musikern dieses Jahrhunderts.

Doch Manuel nickte nur. „Fährst du mich bitte nach Hause.", sagte er völlig desinteressiert.

„Ich dachte, wir feiern deinen Erfolg... Alice hat extra für dich eine Party geschmissen... sie wusste, dass du es schaffen würdest, dein Publikum zu begeistern... sie wusste, der heutige Abend wird ein Riesenerfolg. Willst du nicht doch lieber mitkommen? Sie wird sonst bestimmt ziemlich enttäuscht sein.", redete er auf ihn ein.

„Nicht heute, Bill."

Bill nickte. Er wusste, dass er keine Chance hatte, Manuel umzustimmen. Er hatte hautnah miterlebt, wie sehr sein Freund gelitten hatte und ihm war klar, wie sehr er heute noch litt. Es war noch nicht vorbei, das hatte er befürchtet. Er war zumindest erfreut darüber, dass sich Manuel endlich dazu aufgerafft hatte, die Bühne wieder zu betreten und sich nicht ganz gehen ließ. Bill hatte Verständnis für ihn, daher drängte er ihn nicht weiter.

Beide gingen zu Bills Wagen, der am Hintereingang parkte. Als sie losfuhren und der Wagen um die Ecke bog, sahen sie schon von Weitem, dass der Eingangsbereich des *Broadways* gerammelt voll war. Die Menschen strömten in Massen über die Straßen. Manuel warf einen flüchtigen Blick auf den Eingang, als sein Herzschlag plötzlich rasant anstieg. *Sie ist gekommen!,* schoss es ihm durch den Kopf. Er sah sie, erkannte sie an ihrem langen, gewellten Haar. Kein Blond war vergleichbar mit dem ihrigen. Sie ging gerade die Straße entlang und bog links in eine Seitenstraße ein. „Halt bitte sofort an!", rief er Bill zu.

Bill sah ihn verwundert an und trat auf die Bremse. „Was ist denn los?!"

„Sie ist gekommen, Bill… Christina ist gekommen…", war alles, was er erwiderte, bevor er die Tür aufriss und hinaussprang. Er eilte ihr hinterher. Als er sie eingeholt hatte, packte er sie an der Schulter, um sie aufzuhalten. „Christina!", rief er laut.

Die Frau drehte sich um. „Mr Corrasco?!", japste sie verlegen und atmete tief ein. Das war alles, was sie bei seinem Anblick herausbrachte. Sie hatte ihn sofort wiedererkannt.

„O…", sagte er enttäuscht. Sie war es nicht. „Entschuldigen Sie bitte. Sie sahen von Hinten aus wie… wie jemand, den ich kenne."

Sie sah ihn nur stumm an, nicht fähig irgendetwas zu sagen.

Manuel sah sofort die Ähnlichkeit in ihren Gesichtszügen. Ihre Stimme, sie klang wie ihre. Ihr Lächeln, es erinnerte ihn an sie. Er erkannte sie in ihr wieder. Sein Herz trommelte wild in seiner Brust und wollte sich gar nicht mehr beruhigen. Er wusste zwar, sie war es nicht, aber er wusste auch, er durfte sie nicht einfach so wieder gehen lassen. Vielleicht würde er sie nie wieder sehen, vielleicht würde er nie wieder jemanden sehen, der ihr ähnlich sah, der sie an sie erinnerte.

Beide standen nur da und sahen sich an, bis sie das Wort ergriff. „Ich muss jetzt weiter…"

„Bitte, warten Sie…", unterbrach er sie. „Gehen Sie nicht. Bitte."

Und wieder schwiegen sie sich an. Er, weil er nicht wusste, was er sagen sollte, sie, weil ihr der Anblick ihres Lieblingsmusikers die Sprache verschlagen hatte. Es kam schließlich nicht jeden Tag vor, dass sie von einem berühmten Mann aufgehalten wurde, weil er sie mit jemand anderem verwechselt hatte.

Sie brach als Erste das Schweigen. „Ihre Musik ist wunderschön.", sagte sie mit einem süßen Lächeln im Gesicht.

„Darf ich Sie auf einen Drink einladen?", schoss es aus ihm heraus. Die Schamröte stieg ihm ins Gesicht. Denn schließlich kam es nicht jeden Tag vor, dass er wildfremde Frauen ansprach, um sie auf einen Drink einzuladen. Aber er hatte das Gefühl, dass es ein gutes Omen war, dieser Frau nachgelaufen zu sein, obwohl er sie zu Beginn für jemand anderen gehalten hatte. Aber er fühlte sich das erste Mal wieder lebendig, seit sie ihn verlassen hatte. Er fühlte seinen Herzschlag. Doch es tat diesmal nicht weh. Er stand einer fremden Frau gegenüber und hatte das starke Bedürfnis, sie nicht gehen lassen zu wollen.

„Müssen Sie denn nicht auf… auf eine Party?"

„Party?" Er sah sie fragend an.

„Ich war bei der Premiere dabei und ich war bei Gott nicht die Einzige, die Beifall geklatscht hat. Wir alle waren begeistert von Ihnen… ich denke, dass Sie das bestimmt feiern wollen…"

„Nein, nein... ich war gerade auf dem Weg nach Hause... bitte, nur auf einen Drink, okay?"

Sie lächelte. Es war das Bezauberndste, was er seit Wochen gesehen und auch wahrgenommen hatte. „Wie sollte ich Ihnen etwas abschlagen.", sagte sie lächelnd.

Und so kam es, dass Manuel Corrasco durch Stephenie Adams wieder zurück ins wahre Leben fand. Er verbrachte mit ihr einen amüsanten Abend. Beide lachten viel, erzählten sich viel aus ihrem Leben und es kam beiden so vor, als würden sie sich schon eine Ewigkeit lang kennen. Er schickte ihr am nächsten Tag Blumen, lud sie zum Essen ein, und es dauerte keine ganze Woche, als man in der *Yellow Press* lesen konnte, dass sich Manuel Corrasco nun mit einer unbekannten Schönheit tröstete und seinen Kummer wegen Christina Damon wohl nun überstanden habe. Und dann der Schnappschuss mit dem ersten Kuss. Nur zwei Tage später machte dieses Foto in allen Zeitungen die Runde. Manuel Corrascos erster Kuss mit Stephenie Adams. Ihren Namen hatte man natürlich schnell herausgefunden. Und schon überschlug sich eine Meldung nach der anderen.

Manuel Corrascos neue Affäre hielt die Leute auf Trab. Der Klatsch machte seine Runde und viele Frauen beneideten die schöne Unbekannte, die es in nur kurzer Zeit geschafft hatte, das Herz dieses Ausnahmekünstlers zu erobern.

■■■

Drei Wochen später...

Manuel fühlte sich glücklich.

Er hatte wieder Spaß am Leben, er genoss es mit Stephenie Adams zusammen zu sein und er mochte sie sehr. Dass er sich in ihrer Nähe wohl fühlte, weil sie ihn an seine einstige *Große Liebe* erinnerte, wollte er sich selbst nicht eingestehen. Liebte er sie rein deshalb? Er wusste es nicht. Diese wichtige Frage schien ihm am Ende aber gar nicht wichtig für seine neue Beziehung zu sein. Manuel wollte sich nicht noch einmal in diese präkere Situation bringen, irgendwann möglicherweise wieder von der Bühne aus auf einen leeren Stuhl starren zu müssen, deshalb hatte er Stephenie gleich zu Beginn ihrer Beziehung gebeten, ihn vorerst nicht im Theater aufzusuchen, wenn er auftrat, sondern in seiner Wohnung auf ihn zu warten. An jenem Tag gab er ihr auch den Schlüssel zu seiner Penthouse-Wohnung. Stephenie verstand seine Beweggründe natürlich sofort, daher willigte sie auch ohne zu zögern gleich ein. Sie war mächtig glücklich darüber, von ihm den Wohnungsschlüssel bekommen zu haben. Das war für sie der viel größere Liebesbeweis. Für Manuel Corrasco war es aber eine zwingende Notwendigkeit, denn nur so war es ihm möglich, sich auf der Bühne voll und ganz auf seinen Gesang zu konzentrieren und nicht noch einmal während der Vorstellung zusammenzubrechen so wie damals.

Nach der Vorstellung betrat er gedankenverloren seine Garderobe.

Die rote Schachtel auf seinem Schminktisch stach ihm sofort ins Auge. Sein Herz begann höher zu schlagen und diese schmerzende Leere, die er nach der schmerzlichen Trennung verspürt hatte, kam auf einen Schlag zurück.

Kann es wirklich sein?, durchfuhr ihn ein erschreckender Gedanke. Kann es wirklich sein, dass sie zurückgekommen ist? Ihm damit eine Nachricht zukommen ließ? Er kannte diese rote Schachtel, kannte sie nur zu gut. Niemals würde er vergessen, was sie damals in sich geborgen hatte. Wie in Trance ging er darauf zu.

Er hob den Deckel an.

Sein Herzschlag überschlug sich. Ihm wurde heiß. Ihm wurde kalt. In der Schachtel befanden sich eine Peitsche, ein Seil, eine schwarze Augenbinde aus Samt und ein zusammengefaltetes Kärtchen.

Er griff hinein und holte das Kärtchen heraus.

Er klappte es auf.

> *Unterwirf mich!*
>
> *Fick mich!*
>
> *Heute Abend... nach der Vorstellung in deiner Garderobe!*
>
> *Christina*

Es war ihre Handschrift. Er erkannte sie sofort. Tausend Mal schon hatte er ihre damalige Nachricht gelesen, als er in Mexiko alleine gewesen war, um sie zu vergessen.

All die Erinnerungen an damals kamen auf einen Schlag zurück, überrollten ihn wie eine riesige Flutwelle, rissen ihn ohne Gnade in die Fluten, zogen ihn unter Wasser, raubten ihm die Luft zum Atmen.

Manuel dachte eigentlich, die Erinnerungen an sie überwunden, die Liebe, die er für sie empfunden hatte, verdrängt zu haben. Zumindest war er fest davon überzeugt gewesen. Er war glücklich mit Stephenie. Er fühlte, dass sie ihn aufrichtig liebte, das machte ihn glücklich. Und nun, nun bekam er von *ihr* eine Nachricht. Was hatte das nur zu bedeuten? Würde sie ihn nun erwarten? Würde alles wieder von vorne beginnen?

Wollte er das überhaupt?

O ja, das wollte er! Er liebte sie. Immer noch.

Er hatte sie nicht vergessen können, auch wenn er es noch so sehr versuchte. Wie hätte er auch diesen Engel vergessen können? Sie war seine Traumfrau. Und das schon immer.

Plötzlich klopfte es an der Tür.

Er drehte sich rasch um und eilte darauf zu. Er riss sie auf. Und da stand sie. Seine einstige große Liebe. Seine Traumfrau. Sie lächelte ihn an. Sie trug denselben Mantel, den sie auch in jener Nacht getragen hatte. Und dann tat sie es. Sie öffnete den Mantel.

Es traf ihn wie ein Blitzschlag. Ihre Nacktheit ließ sein Glied sofort anschwellen, ihre Schönheit blendete seine Seele.

Sie lächelte immer noch. Sie wusste sofort, wie sie ihn zurückerobern konnte. Und sie wollte ihn zurückhaben und das nur, weil sie neidisch auf Steph war. Wie konnte sie glücklich sein, wenn sie selbst unglücklich war. Nachdem sie von Leonardo verlassen worden war, wurde es immer ruhiger um sie. Ihre Beliebtheit in der Öffentlichkeit ging verloren, die Männer lagen ihr nicht mehr zu Füßen, ihr Bankkonto war leer. Und dann las sie in den Zeitungen über Manuel Corrascos neues Glück, sah das Foto vom ersten Kuss und erkannte sie, erkannte ihre kleine Schwester. Das durfte nicht sein. Und dann war ihr Entschluss festgestanden. Sie würde ihn in nur einer Nacht zurückerobern, um ihrer Schwester eine auszuwischen, vor allem aber, um wieder in die Schlagzeilen zu kommen. Und so wie es aussah, machte es ihr Manuel nicht sonderlich schwer. Er ahnte anscheinend immer noch nicht, wie berechnend sie war. Sie ging auf ihn zu und umarmte ihn. Leidenschaftlich küsste sie seinen Hals, und zwar genau dort, wo es ihn schon früher immer stark erregt hatte, und berührte sein steifes Glied. Seine erogenen Zonen kannte sie noch sehr genau. Sie berührte mit ihren kühlen Lippen seine und rieb am Schaft seiner Hose. Gierig knetete sie während des Kusses daran. Sie war sich ihrer Sache ziemlich siegessicher.

„Hast du mich vermisst?", fragte sie unschuldig und warf ihm ein trügerisches, liebreizendes Lächeln zu.

Er nickte nur. War nicht fähig, etwas anderes darauf zu erwidern.

Christina stupste ihn sanft in die Garderobe zurück und warf mit dem Fuß die Tür zu. Wie ein sexhungriger Vamp ließ sie ihre Hüllen fallen und präsentierte ihm ungeniert ihre Nacktheit. Manuel war wie geblendet, fuhr mit seinen Händen sanft die Konturen ihres schönen Körpers nach, streichelte ihre zarte Haut, die sich unter seiner Berührung so geschmeidig weich anfühlte und die er all die Monate so sehr vermisst hatte. Wild und unbeherrscht küsste er nun ihren Nacken, ihr Dekolleté, ihre Lippen.

„Fick mich, Manuel… ich hab's vermisst, die ganze Zeit schon… züchtige mich, bestrafe mich für meine Untaten, für meine Sünden… unterwirf mich, so wie du es dir schon immer gewünscht hast…", hauchte sie ihm leise zu. Sie wusste genau, welche Worte sie benutzen musste, um ihn gefügig zu machen, und sie wusste ganz genau, welche Mittel sie einsetzen musste, um ans Ziel zu gelangen. Sanft löste sie sich aus seiner stürmischen Umarmung. „Tu es jetzt!", sagte sie nur und ließ sich auf demselben Stuhl nieder wie in jener Nacht. Sie spreizte ihre Beine, um ihm einen einladenden Blick auf ihre Lustzone zu gewähren, um ihn anzulocken wie ein hungriges Tier.

Manuel wurde schon längst von ihren weiblichen Reizen übermannt. Sein Verlangen entflammte aufs Neue. Blind vor Begehren vergaß er alles um sich herum. Ohne zu überlegen oder noch länger darüber nachzudenken, ob richtig oder falsch, holte er die Peitsche, das Seil und die Augenbinde aus der Schachtel heraus. Er fesselte sie liebevoll an den Stuhl und band ihr die Augenbinde um. Zärtlich berührte er dabei ihre Haut mit seinen Fingern und strich sanft über ihre prallen Brüste, ihr aufreizendes Becken, ihre zarten Beine. Behutsam zwirbelte er ihre harten Nippel. Und nun kniete er sich vor ihr nieder und leckte an ihren Brustwarzen, saugte an ihren prachtvollen Brüsten wie ein wildes unbeherrschtes Tier und berührte mit der anderen Hand ihre rasierte Möse, die sich so geschmeidig anfühlte. Ihr Lustsaft benetzte seine Finger. Sanft massierte Manuel ihre vor Geilheit dick angeschwollenen Schamlippen, strich ihre Spalte auf und ab, rieb immer fester an ihren zarten Falten.

Und dann sah er es in aller Deutlichkeit! Sah plötzlich die Bestie in ihr, die Frau, die ihn Monate lang hatte leiden lassen, die Frau, die ihn vor Monaten verlassen hatte, um einem anderen Mann zu geben, was sie ihm an jenem Tag brutal entzogen hatte: ihre Liebe.

Und das Loch, das sie ihm in seine Brust geschlagen hatte, kümmerte sie nicht mehr. Mit einem Schlag kippte die Vernunft einen Kübel Wasser über seinen geblendeten Verstand und löschte schlagartig das lodernde Feuer der Begierde in ihm. Und nun erkannte er, dass die falsche Frau vor ihm auf dem Stuhl saß. Es war nicht diejenige, die er liebte. Das war ihm nun klar. Er richtete sich hastig wieder auf, nahm ihr die Augenbinde ab und löste die Fesseln.

Christina war völlig irritiert, verunsichert ob seines plötzlich abweisenden Verhaltens. „Willst du mich lieber bei dir ficken?", fragte sie verunsichert.

„Du solltest jetzt besser gehen, Christina. Es ist eine Menge Zeit vergangen... es wäre nicht fair..."

„Was wäre nicht fair?!", unterbrach sie ihn barsch.

„Der Frau gegenüber, die ich liebe..."

„Pach... weißt du überhaupt, mit wem du da zusammen bist?"

Er sah sie fragend an. Verstand nicht, wovon sie sprach.

„Dachte ich's mir doch... dann frag doch mein Schwesterherz, ob meine Tipps nützlich waren. Schließlich hat sie sich ja einen Spaß daraus gemacht, dich an der Nase herumzuführen. Eine waschechte Adams eben!", log sie. Sie wollte mit aller Macht die Liebe der beiden vereiteln. Ihr Lachen hallte wie ein böser Dämon durchs Zimmer.

„Wovon sprichst du?" Seine Stimme bebte.

„Stephenie Adams ist meine Schwester. Ich habe ihr gesagt, sie soll dich trösten, damit du's nicht so schwer nimmst, wenn ich Leonardo ficke.", log sie abermals. „Und wie ich sehe, hat sie ihren Job gut gemacht. Grüß sie von mir, wenn du ihr deinen Schwanz in die Fotze schiebst. Fick sie, so lange du noch die Gelegenheit dazu bekommen wirst, du weißt ja, eine Adams bleibt nie lange bei einem Schlappschwanz.", zischte sie wütend. Sie war erbost darüber, dass ihr Plan nicht aufgegangen war. Sie ärgerte sich maßlos darüber, dass er sie doch noch zurückgewiesen hatte, obwohl sie sich herabgelassen hatte, ihn wieder bei sich aufzunehmen. Das kränkte ihre Eitelkeit sehr.

Sie warf sich hastig ihren Mantel über und verließ in Windeseile die Garderobe.

Mit einem lauten Knall schmiss sie die Tür hinter sich zu.

Manuel blieb zurück, schockiert über ihre boshaften Worte. Sie schwirrten ihm im Kopf umher und versuchten mit aller Macht sein zukünftiges Glück ins Schwanken zu bringen. Hatte sie die Wahrheit gesagt?

Baute seine neue Liebe tatsächlich nur auf Lug und Trug auf? War Christina Damon am Ende wirklich eine Adams? *O Stephenie, hast du dich am Ende wirklich nur lustig über mich gemacht?*, fragte er sich.

Er musste sich Gewissheit verschaffen, erfahren, was vor sich ging. Nichtsdestotrotz hatte er beschlossen, Stephenie nichts von Christinas Besuch zu erzählen. Nichts davon zu erzählen, dass er beinahe rückfällig geworden wäre.

Manuel zog sich hastig um und machte sich auf den Weg zu ihr.

■■■

Stephenie lief in ihrer Wohnung auf und ab.

Sie wartete auf ihn, da sie heute bei ihr verabredet waren. Sie war nervös. In ihrer Hand hielt sie einen Brief von Christina. Sie hatte ihn heute Morgen in ihrem Briefkasten vorgefunden. Sie sah nochmals auf den Brief herab.

Ich hole ihn mir zurück!

Christina

Stephenie wusste, was das zu bedeuten hatte. Christina war wieder in der Stadt, war zu allem bereit, um ihn ihr wieder wegzunehmen. Dass ihr Leonardo di Capri den Laufpass gegeben hatte, hatte sie bereits in der *Yellow Press* gelesen. Und sie wusste, dass sie es schaffen würde, ihn zurückzuerobern. Schließlich war er an ihrer Liebe fast zerbrochen. Niemals hätte sie sich je erträumen lassen, mit dem Mann zusammen zu sein, den sie über alles verehrte, den sie über alles liebte, von dem sie beherrscht werden wollte, seit sie das erste Mal in den Medien über ihn gelesen hatte. Zutiefst verletzt war sie gewesen, als ihre Schwester bekommen hatte, was ihr verwehrt geblieben war. Sie hatte fürchterlich gelitten. Fast jede Aufführung von ihm hatte sie gesehen. Sie hatte ihn von der Ferne aus bewundert und nun durfte sie ihn sogar von der Nähe aus berühren, ihm sagen, wie sehr sie ihn liebte. Sie war sich zwar nicht sicher, wie ehrlich seine Gefühle ihr gegenüber waren, denn schließlich war ihr klar, dass sie ihn nur deshalb kennengelernt hatte, weil sie ihr ähnlich sah. Dass er fürchterlich gelitten haben musste, als sie ihn verlassen hatte, hatte sie hautnah mitbekommen. Sie selbst hatte sehr darunter gelitten, weil sie ihn nicht mehr sehen konnte. Alle Auftritte, die komplette Tournee, jedes Interview, einfach alles hatte er abgesagt. Es war ihr nicht möglich gewesen, ihn wenigstens auf der Bühne zu sehen. Sie wusste nicht einmal, wo er sich aufgehalten hatte. Man schrieb in der Zeitung zwar, er sei in Mexiko, aber man hatte niemals erwähnt, wo genau. Ihr blieb nichts anderes übrig, als sich seine Alben anzuhören, die sie besaß, und die vielen Zeitungsausschnitte anzusehen, die sie über ihn gesammelt hatte. Und dann hatte sich die Neuigkeit wie ein Lauffeuer verbreitet. Manuel Corrasco würde wieder auftreten. Endlich konnte sie ihn bei der Premiere nach so langer Zeit wieder auf der Bühne sehen. Sie war so glücklich gewesen wie schon seit Langem nicht mehr. Er hatte sie bezaubert, gesungen wie ein junger Gott. Und dann geschah das Unfassbare, was sie sich niemals hätte erträumen lassen. Er hatte sie angesprochen, sie aufgehalten, als sie auf dem Nachhauseweg gewesen war. Es war zwar nur eine Verwechslung gewesen, das hatte sie sofort gewusst, aber es war das Beste, was ihr jemals widerfahren war. Er hatte damals Christina in ihr gesehen. War mit Sicherheit im ersten Moment enttäuscht gewesen. Aber dann wollte er sich gar nicht mehr von ihr trennen. Ab diesem Zeitpunkt hatte ihr Glück begonnen. Und nun? Sollte wirklich alles wieder vorbei sein, nur weil sie wieder da war? Ihn zurückhaben wollte? Stephenie zitterten die Knie. Sie hatte Angst, Angst ihn zu verlieren. Sie hatte so sehr gelitten, so sehr, dass es ihr das Herz brechen würde, sollte sie ihn nun wieder verlieren. Alles würde sie für ihn tun, alles für ihn geben. Sie wollte sich ihm unterwerfen, sich von ihm beherrschen lassen, sein Eigentum werden, damit er sie ja nie wieder fortschicken könnte. *Doch würde sie tatsächlich noch einmal die Gelegenheit dazu bekommen, ihm zu sagen, nimm mich? Wird er heute noch kommen? So wie immer? Oder war Christina bereits bei ihm gewesen?* All diese Fragen quälten sie. Sie sah auf die Uhr. Er war schon längst überfällig. Hatte sie ihn tatsächlich schon aufgesucht? Zurückerobert? An nur einem Abend?

Ich muss es ihm sagen, schoss es ihr durch den Kopf. Stephenie wusste, dass sie es ihm sagen musste, was sie ihm bis heute verschwiegen hatte. Mit Bedacht hatte sie es peinlich genau vermieden, Christina bei all ihren Rendez-Vous' mit nur einer einzigen Silbe zu erwähnen, geschweige denn sich *zu outen,* ihre kleine Schwester zu sein. Sie wollte ihm nicht sagen, dass es ihre Schwester war, sie wollte nicht, dass er glaubte, sie hätte sich nur deshalb an ihn herangeschmissen. Möglicherweise würde er ja denken, sie wolle ihn nur ausspionieren, mit seinem Unglück *Ping-Pong* spielen. All das schwirrte ihr nun im Kopf umher. Aber wenn sie noch einmal die Chance dazu bekäme, sie würde sie nutzen. Sie würde die Karten offen auf den Tisch legen. Denn nur mit Ehrlichkeit sah sie eine Zukunft für ihre Beziehung.

Stephenie lief zum Fenster und sah auf die Straße. Sie versuchte ihn unter all den Passanten zu erspähen. Doch sie konnte ihn nicht entdecken. Enttäuscht ließ sie sich auf der Couch nieder. Sie richtete ihren Blick auf den Wohnzimmertisch. Dort lag sein

Schlüssel. Er hatte ihn versehentlich liegen lassen. Oder hatte er ihn absichtlich dort liegen lassen? Ihr Herz fing wieder an zu pochen. Abermals sah sie auf die Uhr.

Und dann läutete es endlich.

Sie lief zur Tür. *Er ist gekommen. Gott sei Dank, sie war noch nicht bei ihm,* dachte sie, als sie auf den Summer drückte.

„Manuel." Sie fiel ihm um den Hals und küsste ihn zärtlich auf die Lippen. Doch sie fühlte, dass etwas nicht stimmte. Sie bat ihn herein und ging mit ihm in den Salon. Sie hielt es nicht mehr aus. Sie durfte nicht länger schweigen. „Ich muss mit dir sprechen.", sagte sie leise. Sie sah ihn nicht an, versuchte den Blickkontakt zu vermeiden. Sie schämte sich, ihm nicht die Wahrheit schon am ersten Tag gesagt zu haben. Doch anfangs hatte sie Angst gehabt, ihn dadurch zu verschrecken, und danach hatte sie sich immer mehr in Lügen verstrickt, aus denen sie keinen Ausweg mehr gewusst hatte. Und so kam es, dass sie schon seit Wochen verheimlichte, wer sie eigentlich wirklich war. Und da sie samt ihrer Familie nicht im Rampenlicht stand so wie Christina, erfuhr auch die Presse davon nichts.

Manuel ahnte schon, worüber sie mit ihm reden wollte. „Worüber denn?" Er tat ahnungslos.

Und dann warf sie sich ganz unerwartet vor ihm auf die Knie. „Verzeih mir, bitte. Ich war nicht ehrlich zu dir."

Er sah sie nur stumm an.

Sie richtete ihren Blick auf den Boden. „Christina Damon heißt in Wirklichkeit Christina Adams. Sie ist meine Schwester." Und nun sprudelte es nur so aus ihr heraus. Sie erzählte ihm, wie sie sich in ihn verliebt hatte, dass sie seit Monaten von ihm schwärmte, wie sehr es sie verletzt hatte, als sie von ihm und Christina aus der Zeitung erfahren hatte. Sie erzählte ihm, wie sehr sie gelitten hatte, wie sehr sie es sich gewünscht hatte, ihn kennenzulernen und dass sie Angst hatte, ihm die Wahrheit zu sagen, weil sie befürchtete, er würde sich von ihr abwenden, wenn er den Namen ihrer Schwester hörte. Sie sagte auch, dass es ihr sehr leidtäte, nicht von Anfang an die Karten offen auf den Tisch gelegt zu haben. Und jetzt sah sie ihn an. „Manuel, ich liebe dich über alles. Und nichts wünsche ich mir mehr, als von dir beherrscht zu werden. *Unterwirf mich!* Ich gehöre bereits jetzt schon dir, denn ohne dich hat alles keinen Sinn mehr. Bitte, verlass mich nicht. Keine wird dir jemals geben können, was ich dir geben kann. Glaub mir, sie wird sich dir niemals unterwerfen. Und ich weiß, dass du dir das am meisten von ihr gewünscht hast. Schließlich hat sie oft genug damit geprahlt, wenn wir miteinander über dich gesprochen haben. Ich weiß, was du dir beim Sex von einer Frau wünschst und ich bin bereit, dir all das zu geben. Sie wird es nicht tun, auch wenn sie zu dir zurückkommt. Glaub mir. Unterwirf mich, Manuel. Ich habe mich schon längst für dich aufgegeben." Sie sah ihn flehend an, während sie vor ihm kniete wie vor ihrem Herrn.

Manuel war überwältigt von ihren Worten, überwältigt von ihrer Liebe, überwältigt von ihrer Begierde. Gleichzeitig war er aber auch sehr beschämt darüber, beinahe der teuflischen Versuchung nicht widerstanden zu haben. Nur um sie nicht zu verletzen, verschwieg er es ihr, in der Hoffnung, Christina würde aus Schmach, abgewiesen worden zu sein, niemals mit ihr darüber reden. Manuel stand auf, beugte sich zu ihr hinunter, nahm sie auf seine Arme und hob sie hoch. Er trug sie ins Schlafzimmer hinüber und legte sie behutsam aufs Bett. Sofort hatte er bemerkt, dass sie ihm seine Lieblingsspielzeuge bereits aufs Kissen gelegt hatte. Ein unbändiges Verlangen durchströmte seinen Körper, als er diese Dinge sah. Stephenie hatte mit ihrem Bekenntnis, ihrer vollkommenen Unterwerfung sein loderndes Feuer neu geschürt. Christina hatte sein Blut zwar in Wallung gebracht, doch er hatte gefühlt, dass es mehr als die Gier nach ihrem Körper nicht gewesen war, was ihn dazu angetrieben hatte, sie in der Garderobe an den Stuhl zu fesseln.

Doch bei Stephenie fühlte er mehr. Er fühlte ein unbändiges Verlangen nach dieser Frau, die bereit war, sich ihm vollständig zu unterwerfen. Und davon hatte er schon sein Leben lang geträumt. Geträumt davon, die Frau, die er liebte, zu unterwerfen, um mit ihr sein sexuelles Verlangen zu stillen.

„Ich nehme dein Angebot an.", sagte er leise, griff nach der Augenbinde und legte sie ihr behutsam um. Nun besaß er den nötigen Mut, seiner Fantasie freien Lauf zu lassen, ohne dabei vor ihr erröten zu müssen. Jetzt konnte er alles machen, was er wollte, jetzt konnte er alles zu ihr sagen, was ihn sexuell erregte.

Stephenies Herzschlag erhöhte sich, als sie seine Worte hörte, schlug noch schneller, als er ihr die Augenbinde umband. Nun war sie ihm hilflos ausgeliefert. Die Dunkelheit um sie herum erregte sie sehr. Sie überkreuzte ihre Hände und hielt sie ihm hin. „Ich gehöre nun dir. Mach mit mir, was du willst.", sagte sie demütig.

Manuel nahm das Seil in die Hand und band ihre Handgelenke fest zusammen. Er warf das Seilende über die Eisenstange des Himmelbettes und zog es so weit zu sich herunter, bis sie vor ihm kniete. Dann befestigte er das Seil mit einem festen Knoten am Bettgestell. Behutsam fing er nun an, sie liebevoll zu entkleiden.

Sephenie erzitterte bei jeder einzelnen seiner Berührungen. Ihr Slip war vor Erregung bereits total durchnässt, rutschte in ihre Spalte und klebte dort fest. Sie spürte seine sanften Hände auf ihrer Haut und ein wohliges Zucken durchfuhr ihren Unterleib. Sie spürte sein Verlangen.

Als Manuel ihr den Slip herunterzog, erzitterte sie. Sie spreizte ihre Beine so weit sie konnte, um ihm ungehinderten Zutritt zu ihrem Lustzentrum zu gewähren. Vorsichtig berührte er ihre Schamlippen und zog sie sanft auseinander, während er liebevoll ihren Hals, ihren Nacken, ihre Wangen, ihre zarten Brüste küsste. Er saugte an ihren Nippeln, bis sie Gänsehaut bekam und vor Erregung ihr Becken auf und ab bewegte. Er befühlte ihre Möse und rieb sanft über ihre feuchten Falten. Er fühlte, dass sie sehr erregt war. Sie war nass und ihre Schamlippen dick angeschwollen. Zärtlich schob er seinen Zeigefinger in ihre Enge und drang tief in sie ein. Ihr leises Stöhnen erregte ihn. „Willst du meinen Schwanz in dir spüren?", hauchte er ihr ins Ohr.

„Ja. Ich will." Ihre Stimme war rau vor Begehren. Sie liebte ihn und mit ihrer vollständigen Unterwerfung bewies sie ihm ihre Liebe.

Manuel befreite seinen steifen Penis aus seiner Hose. Er schob ihn zwischen ihren Schenkeln hin und her. Dieses erregende Gefühl beflügelte seine Sinne, erhitzte sein Gemüt, schürte sein inneres Feuer, und als er sie ansah, wusste er, er hatte die richtige Entscheidung getroffen. Sie war es, die er liebte, sie war es, die sein unbändiges Verlangen nach sexueller Befriedigung stillen konnte, sie konnte ihm geben, wozu keine andere imstande war.

Während er sich an ihr rieb, küsste er sie leidenschaftlich auf ihre Lippen. Er war wild vor Begierde nach diesem Wesen, das sich für ihn aufgab. Wie hätte er sie nicht lieben können, wenn sie das für ihn tat? Sanft entzog er sich ihr und richtete sich vor ihr auf. Er fuhr ihr mit seinen Händen durchs Haar, zog ihren Kopf näher zu sich heran und berührte mit seiner Schwanzspitze ihre Lippen. „Nimm ihn in den Mund."

Stephenie leckte zärtlich mit ihrer Zungespitze über seine Eichel, spielte kurz an seiner kleinen Öffnung, dann umschlossen ihre Lippen zärtlich Manuels steife Erregung. Wie wild leckte sie nun daran. Nahm ihn tief in sich auf und rieb mit ihren Lippen an seiner Vorhaut.

Immer schneller vögelte Manuel ihren schönen Kussmund, immer ungestümer wurde sein Verlangen, immer schärfer sein Verstand. Er fühlte, dass sein Orgasmus herannahte und ihn zu überrollen drohte, daher zog er schnell sein Glied aus ihrem Mund wieder heraus. Er ließ sich vor ihr nieder und beugte sich tief zu ihr hinunter. Er roch ihre Geilheit. Der Lustsaft lief ihr förmlich die Schenkel herunter. „Spreiz sie noch weiter.", befahl er. Seine Stimme klang dominant, aber zärtlich. Ein gütiger Herr wollte er ihr sein. Und die Peitsche wollte er vorerst nicht schwingen. Er sah keinen Grund, sie zu bestrafen. Noch nicht. Er wollte ihr verzeihen,

43

dass sie ihn angelogen hatte, doch bei der nächsten Lüge wäre er nicht mehr so gnädig. Dann würde er sie mit der Peitsche züchtigen, während sie ihn um Verzeihung bat. Allein der Gedanke an die Bestrafung erregte ihn noch mehr. Er packte sie an den Hüften und hob sie an, bis sich ihm ihre Möse wie ein leckerer Appetit-Happen darbot. Zärtlich spielte er mit seiner Zunge an ihrer engen Öffnung. Sanft fuhr er ihre feuchte Spalte entlang. Je lauter sie stöhnte, desto härter rieb er über ihre Falten. Wild und zügellos verschlang er ihre Scham mit seinem Mund und bescherte ihr dadurch mehrere Orgasmen hintereinander.

Jetzt konnte, wollte er nicht mehr warten.

Er setzte sie auf seinen Schoß. Sanft ließ er sie auf seiner steifen Erregung nieder und drang tief in sie ein. Nun begann er seine Hüften kraftvoll auf und ab zu bewegen und rieb seinen Schwanz an ihrem süßen Fötzchen. Mit der Hand rieb er gleichzeitig zärtlich über ihren Venushügel. Viel hatte er mit ihr noch vor, aber für den Anfang sollte das ausreichen. Doch seine Züchtigung sah noch sehr viele andere, fantasievollere Dinge vor, die er mit ihr vorhatte. Alles Mögliche wollte er noch mit ihr ausprobieren. Möglicherweise würde er ihr eines Tages die Augenbinde sogar abnehmen, um ihr in die Augen zu sehen, wenn er sie fickte, doch momentan fühlte er sich mutiger, wenn ihre Augen geschlossen waren. Er bewegte seinen Schwanz immer kraftvoller in ihr. Kurz bevor der Höhepunkt herannahte, flüsterte er ihr leise zu, dass sie niemals ihren Herrn verlassen dürfe, ansonsten müsse er sie hart bestrafen.

„Ich werde dich nie verlassen. Denn nun hast du mich unterworfen.", erwiderte sie. Ihre Stimme bebte vor Erregung.

Manuel nahm sie fest in seine Arme, als er sich in ihr ergoss und küsste stürmisch ihren Nacken.

An Christina verschwendete er von diesem Tag an keinen einzigen Gedanken mehr. Er war nun für immer von ihr geheilt.

2

Lovefool

Die sinnliche Liebessklavin… Rom, Italien, 2010.

Filippo saß in seinem Sessel und beobachtete gierig das sexuelle Schauspiel seiner beiden Lustsklavinnen, die sich in seinem großen Bett rekelten wie wilde Katzen und sich gegenseitig leidenschaftlich die Mösen leckten, um ihn richtig scharf zu machen. Jedes Mal begannen sie ihr Liebesspiel auf die gleiche Art und Weise. Sara ließ sich meistens als Erste aufs Bett fallen und zog wie eine verruchte Dirne ihren Rock über die Beine, um ihm einen kleinen Blick auf ihre saftige Scham zu gewähren. Schließlich musste sie ihn anheizen. Ihren Schlüpfer hatte sie meistens schon beim Hinauflaufen ausgezogen. Schließlich trieb er seine beiden gehorsamen Sklavinnen grundsätzlich mit der Peitsche die große Treppe hinauf, geradewegs ins Schlafzimmer. Bereits da begann schon ihre Show. Sara hatte dann meistens auch schon ein paar Gläser Champus intus. Ihre süße Möse war so glatt rasiert wie die einer heranwachsenden jungen Frau. Nur am Ansatz hatte sie noch ein kleines Büschel in Dreiecksform stehen lassen, das nun in dem sanften Licht der Deckenleuchten so rötlich schimmerte wie ihr Haar. Die heißen Intimfrisuren seiner beiden Frauen brachten Filippos Blut zum Kochen, das ihm in Sekundenschnelle geradewegs hinunter in die Lenden schoss, um seinen Penis anschwellen zu lassen. Dieser verruchte Anblick machte ihn rasend vor Begierde und am liebsten wäre er sofort über beide Frauen hergefallen, doch noch mehr reizte es ihn, sie vorerst nur beim Sexspiel zu beobachten. Monica war im Gegensatz zur zierlichen Sara ein Rasseweib. Ihr schwarzes Haar band sie sich meistens zu einem Pferdezopf zusammen. Den

Gummi löste er aber in der Regel spätestens dann, wenn er sie genüsslich von hinten in den Arsch fickte. Filippo stand auf Analverkehr wie kein anderer ihrer Freier, denen die beiden Frauen zusätzlich zu ihm an anderen Tagen auch noch als Lustsklavinnen dienten. Eine *Lustsklavin* zu sein, gefiel ihnen wesentlich besser als nur eine ordinäre *Hure*. Und als Lustsklavin gehörte ihm eben auch ihr Arsch. Und der machte ihn heiß, weil es ihre engen Mösen nicht vermochten, seinen Schwanz so fest zu umschließen wie ihre lieblichen Rosetten. Monica war zwar nicht so sinnlich und so zierlich wie ihre rothaarige Gespielin, hatte aber auch ihre ganz besonderen Reize zu bieten. Ihre Fantasie war grenzenlos! Sie ließ sich für ihr Vorspiel immer wieder Neues einfallen. Heute war sie die sexhungrige Herrscherin über ihre Sklavin Sara, die ihr mit ihrer feurigen Zunge über die Scham lecken musste, um ihr unbändiges Verlangen nach Befriedigung zu stillen. Mit ihrem kleinen Mund bearbeitete die Sklavin gerade Monicas rasiertes Fötzchen. Sie saugte an ihren prallen Schamlippen und stieß ihr sanft ihre lange Zunge hinein. Langsam ließ sie sie an ihrer Öffnung kreisen. Mit den Fingern wusste sie ebenfalls Monicas Lust zu steigern. Immer wieder drang sie tief in ihre Enge ein, um ihren Kitzler zu stimulieren und sie laut zum Stöhnen zu bringen. Auch ihr süßes Arschloch wurde mit ihrem Finger zärtlich gevögelt. Und beide Frauen wussten genau, wie sie seine Lust ins Unermessliche steigern konnten. Sie wurden schließlich von ihm für ihre ausgetüftelten Liebesspiele gut bezahlt. Da wollten sie ihm schon etwas ganz Besonderes bieten. Wobei ihnen auch klar war, dass sie ziemlich schnell ersetzt werden würden, wären sie schlecht in ihrem Geschäft.

Filippos gewaltiger Schwanz hatte sich schon längst vollständig aufgerichtet und drängte darauf, aus der Hose befreit zu werden. Die Geilheit fing ihn bereits an zu schmerzen. Er zog den Reißverschluss herunter und befreite endlich sein steifes Glied aus der unerträglichen Enge. Langsam rieb er daran und feuerte seine beiden kleinen Huren an, noch gieriger über sich herzufallen, ihn mit ihrem Schauspiel noch heißer zu machen.

Sara und Monica folgten natürlich aufs Wort. Monica richtete sich auf und griff nach der Peitsche, die auf dem Kissen lag. Sanft streichelte sie damit Saras feuchte Lustzone. Und dann schlug sie zu. Zuerst sanft, dann etwas härter.

Sara stieß einen leisen Schrei aus. Der Lustschmerz erregte sie noch mehr. Ihre Möse schmerzte zwar, doch es war einer dieser lustvollen Schmerzen, die ihre Lust antrieben, sie noch mehr aufgeilten, sie die Schläge in vollen Zügen genießen ließen. Sie hob ihr Becken an und streckte Monica ihre prachtvolle Möse unter die Nase. Appetitlich bot sie sich ihr an. Monica liebte Frauen. Sie ließ sich zwar meistens von Männern ficken, aber die vollendete Lust empfand sie nur in Gegenwart einer Frau. Das machte ihr den Job erträglicher. Zärtlich küsste sie Saras Schamlippen, leckte sanft über ihre erregten Falten und schlug immer wieder zärtlich mit der Peitsche zu, um Saras inneres Feuer zu schüren, ihre Glut immer wieder neu zu entfachen. Der Schmerz und die Geilheit machten Sara rasend vor Begierde. Sie wollte mehr. Sie fühlte ihren Orgasmus herannahen, packte Monica am Haar und presste ihren Kopf fest gegen ihre Scham. „Leck mich härter! Deine Zunge ist so geil!", rief sie ihr lustvoll zu und drückte ihr Becken fester gegen Monicas weiche Lippen. Sie spürte ihre nasse Zunge auf ihrem Geschlecht, fühlte, dass der Höhepunkt unausweichlich herannahte, kreiste ihre Hüften und spritzte Monica ihren Lustsaft mitten ins Gesicht. Sie war mit einem gewaltigen Stöhnen gekommen.

Filippo war nun genügend stimuliert worden. Er erhob sich und ging gemächlich auf die beiden Frauen zu. „Streckt mir eure beiden prallen Ärsche her. Ich will euch jetzt ficken.", befahl er ihnen und blieb vor dem Bettrand stehen.

Monica und Sara richteten sich auf, krochen zu ihm ans Bettende, drehten sich um und knieten nun auf allen vieren vor ihm. Gierig streckten sie ihm ihre prallen Hintern entgegen.

Filippo drang zuerst in die prachtvolle enge Möse seiner Favoritin Sara ein. Kräftig stieß er ihr seine Erektion in ihre Enge. Er fickte sie schon fast seit einem Jahr regelmäßig an den Wochenenden. Monica war erst vor einem Monat hinzugekommen. Vorher war es Malène gewesen, die er gefickt hatte. Sie war immer mit Sara zusammen zu ihm gekommen, aber sie wurde durch Monica ausgetauscht, weil sie ihn nicht richtig befriedigen konnte, ihm nicht das Gefühl gegeben hatte, unterwürfig zu sein. Er verlangte als dominanter Mann von einer Frau jedoch strengste Disziplin im Bett. Eine Frau musste sich unterwerfen, ihm gehorchen, sexuell hörig sein, tun, was er wollte, ihn zufrieden stellen und seine sexuellen Wünschen uneingeschränkt erfüllen. Nur dazu waren Frauen seiner Meinung geschaffen. Sie waren für ihn lediglich das lüsterne Fleisch, das ihm zur Lustbefriedigung diente.

Diese Frauen aber besaßen Seelen, verbargen tiefe Gefühle in sich, doch das interessierte ihn nicht im Geringsten. Mehr als ein Objekt seiner Begierde waren sie nicht, mehr würde keine von ihnen jemals werden.

Filippo hielt nichts von Liebe – *vielmehr nichts mehr* – aber dafür umso mehr von Sex. Liebe war für ihn nur eine Erfindung der Filmindustrie. Er war nur einmal in seinem Leben so richtig über beide Ohren in ein schönes Mädchen verliebt gewesen, aber bevor er den Mut dazu gefunden hatte, sie nach ihrem Namen zu fragen, war sie aus seinem Leben auch schon wieder verschwunden. Manchmal kam es ihm nur so vor wie eine trügerische Erinnerung an eine schöne Fata Morgana, wenn ihm diese Liebe wieder einmal in den Sinn kam. Doch schnell verdrängte er dann die Gedanken daran. Und das hatte einen guten Grund: Jahrelang hatte ihn diese unerfüllte Sehnsucht nach diesem Mädchen gequält, in seinen Träumen regelrecht verfolgt. Er wusste nicht, was mit ihr geschehen war, und diese Ungewissheit zerriss ihn an manchen Tagen schier. Es hatte lange gedauert, bis er sie vergessen konnte. Wie ein unerwünschter Geist hatte sie ihm in den ersten Jahren nach ihrem

Verschwinden in seinem Kopf umhergespukt, doch irgendwann hatte er beschlossen, dem ein Ende zu bereiten und sich nur noch seinen sexuellen Gelüsten hinzugeben. Als er es geschafft hatte, Frauen nicht mehr als Respektspersonen zu betrachten, sondern als das, was sie nun in seinen Augen für ihn waren, nämlich Lustsklavinnen, die ihm und seiner Sexgier dienen sollten, kam er über diese unerfüllte, dumme Leidenschaft hinweg. Von dieser unerfüllten Liebelei aus seiner Jugend erzählte er nicht einmal seinem kleinen Bruder Raffaele. Er wollte vor ihm nicht wie ein Loser dastehen, der es nicht fertig gebracht hatte, ein Mädchen anzusprechen, bevor sie Reißaus hatte nehmen können. Er hatte nicht einmal ihren Namen gewusst. Und eines Tages hatte er ihr schönes Gesicht gänzlich vergessen. Ab diesem Zeitpunkt fühlte er sich befreit, befreit von diesem Dämon, den er des Nachts verflucht hatte, wenn er alleine im Bett gelegen war. Dann hatte die Zeit begonnen, wo er sich dem Sex und seinen Gelüsten widmete. Und in diesem Strudel sexuellen Wahnsinns verdrängte er all seine Erinnerungen an sie. Von da an interessierten ihn die Gefühle solcher Frauen nicht mehr. Er wollte sie unterwerfen, sich holen, was ihm als Mann zustand, mehr erwartete er von ihnen nicht mehr. So kannte er weder die Gefühle von Sara noch die von Monica. Sie dienten ihm allein zu seiner Lustbefriedigung. Und für diese Liebesdienste bezahlte er nicht einmal schlecht. Es kostete zwar Geld, aber dafür ersparte er es sich, tiefsinnige Gespräche mit diesen wundervollen Geschöpfen führen zu müssen.

„Dreh dich her, Sara. Und leck meinen Schwanz!", befahl er seiner rothaarigen Lustsklavin.

Sara machte natürlich, was er wollte. Das machte sie immer. Sie drehte sich hastig um und hielt ihm ihren schönen Mund hin. Abwechselnd stieß er nun seine steife Erregung in Saras schönen Kussmund oder aber in Monicas schönes Geschlecht. „Deine Fotze ist so eng...", raunte er. Seine Stimme bebte vor Erregung und er fühlte, dass er es nicht mehr länger aushalten konnte, nicht mehr aushalten wollte, er fühlte, dass er nun abspritzen musste, bevor er sich am späten Abend die beiden Dirnen noch einmal vornehmen würde. Die Nacht war lang, er unersättlich und die Müdigkeit suchte ihn meistens erst am frühen Morgen heim. „... na, Sara, wie schmeckt ihr Lustsaft auf meinem Schwanz?"

Sara lächelte ihn verführerisch an, leckte sich mit der Zunge über die Lippen und erwiderte: „... fast so gut wie dein Schwanz!" Sie wusste genau, was er hören wollte. Wild und unbeherrscht leckte sie an seiner Eichel, spielte mit ihrer Zungenspitze an seiner Vorhaut, zog sie mit ihrer Hand liebevoll bis zum Schaft zurück und begann fest an ihm zu saugen. Und dann schmeckte sie sein Sperma, fühlte, wie es aus seinem Glied herausspritze und ihren kleinen Mund füllte. Sie schluckte genüsslich seinen Saft bis auf den letzten Tropfen herunter.

Mit der Hand fuhr Filippo ihr zärtlich durchs Haar; übrigens die einzige Zärtlichkeit, die er den beiden zukommen ließ. „Und zur Belohnung ficke ich dir heute Nacht noch die Seele aus dem Leib. Aber nun, meine Süßen, werde ich euch mit meiner Peitsche ein bisschen verwöhnen." Er griff nach der Pferdepeitsche und strich seinen beiden Sklavinnen damit zärtlich über ihre prallen Pobacken. „Wer will zuerst?", fragte er lächelnd.

■■■

Yamamoto Kim studierte zusammen mit ihrem kleinen Bruder Naturwissenschaft an der Uni in Rom. Vor Jahren bereits hatte sie für kurze Zeit schon einmal in Rom gelebt, doch als ihr Vater Yamamoto Kimi, ein japanischer Botschafter, ganz unerwartet versetzt wurde, waren sie fast über Nacht nach London gezogen. Nach gut drei Jahren war sie aber mit ihren Eltern wieder nach Italien zurückgekehrt, um dort an der Uni ihr Studium zu absolvieren. Sie wohnten in einem schönen Herrenhaus auf dem Lande in einer noblen Vorstadt von Rom. Als die Mutter ganz unerwartet starb, ging Yamamoto Kimi zurück nach Japan und ließ Kim und Kenzo auf eigenen Wunsch in Rom zurück. Beide wollten erst nach Japan zurückkehren, wenn sie das Studium beendet hatten. Kims Vater mietete den beiden in Rom ein kleines Appartement und überwies ihnen monatlich einen fixen Betrag, der ihren Unterhalt und die Studiengebühren abdecken sollte. Kim lebte sehr bescheiden und legte sich das, was ihr monatlich übrig blieb, auf die Seite. Schließlich war ihr einziges Ziel, das Studium mit *summa cum laude* abzuschließen, um in Japan einen guten Job zu bekommen. In ihrer Sparsamkeit unterschied sie sich jedoch von ihrem Bruder. Kenzo kannte kein Maß. Das Geld floss ihm sprichwörtlich durch seine Finger, wenn er welches in der Hand hatte. Immer wieder war er in kleine Wettschulden verstrickt, aus denen ihm Kim zwar immer wieder heraushalf, doch ihre Mittel waren, obwohl sie sparsam lebte, doch ziemlich begrenzt. Immer wieder hatte sie ihren kleinen Bruder dazu angehalten, mit dem Wetten aufzuhören, seine Spielsucht therapieren zu lassen und in Gottes Namen keine Schulden mehr zu machen. Er bringe beide noch in Teufelsküche, hatte sie ihm immer wieder gepredigt. Kenzo hatte ihr auch jedes Mal felsenfest versprochen, keine Wettschulden mehr zu machen, wenn sie ihm mal wieder aus seinen finanziellen Schwierigkeiten geholfen hatte. Doch Kenzo hatte leider das an den Fingern kleben, was man *vom Pech verfolgt* nennt. Es war wie eine Sucht und er konnte dem Spiel einfach nicht widerstehen. Und so dauerte es nicht lange, bis er der Spielsucht völlig verfiel.

■■■

Filippo Bellucci saß in seinem Arbeitszimmer und begutachtete gerade die Bücher. Er leitete mit seinem kleinen Bruder, Raffaele Bellucci, das *Casino Royal*. Die Bellucci Brüder hatten das *Casino* nach dem Tod ihres Vaters übernommen, es modernisiert und innerhalb kürzester Zeit zu einem der beliebtesten Spielcasinos der Stadt gemacht. Ihr Vater hatte seinen Söhnen aber nicht nur das Casino hinterlassen, sondern auch große Ländereien außerhalb der

Stadt und ganze Wohnblocks in den Nobelvierteln Roms. Schuldner, die ihre Spielschulden nicht bezahlen konnten, hatten immer die Möglichkeit bekommen, ihre Wettschulden mit ihrem eigenen Besitz oder in Naturalien zu begleichen. Bellucci Senior war ein gerechter Mann gewesen. Er predigte seinen Söhnen immer, dass ein Mann ein starkes aber kein hartes Herz brauche, sonst würde es bald kalt in der Brust werden. Er wollte so seinen Söhnen Gerechtigkeit und Urteilsvermögen in diesem Geschäft nahe bringen. Filippo hatte wohl verstanden, wovon sein Vater zu Lebzeiten gesprochen hatte, Raffaele aber nicht. Als kleiner Bruder hatte er oft den Kürzeren gezogen und sah nun endlich die Möglichkeit, die ihm vom Vater übertragene Macht als Besitzer des Casinos zu seinem Vorteil zu nutzen. Beide waren natürlich in die Fußstapfen ihres Vaters getreten und hatten natürlich auch seine Untergebenen mitübernommen. Raffaele war im Gegensatz zu Filippo aber ziemlich geldgierig. Jeder Schuldner wusste, dass er mit seinem Leben spielte, wenn er das Geld nicht auftreiben konnte, denn Raffaele Bellucci hatte die Regeln geändert. Spielschulden konnten nun nur noch mit barer Münze beglichen werden. Jedem, dem sein Leben lieb war, hielt sich an die neuen Regeln der Bellucci Brüder. Nicht einmal Flucht war ein Ausweg aus den Spielschulden, weil die Bellucci Brüder bis zum heutigen Tag noch jeden entflohenen Schuldner wieder zurückgeholt hatten, um ihn dann zu bestrafen.

Und so hatten beide bekommen, was der Vater stets hatte vermeiden wollen: Ein hartes Herz.

„Und wann will er zahlen?", fragte Filippo und sah zu Jacob Star, seinem besten Freund, der gleichzeitig die Rolle des Geldeintreibers übernommen hatte, hinüber.

„Heute Mittag."

„Hätte er nicht schon vor einer Woche zahlen sollen?", fragte Raffaele, der am Fenster stand und nun seinen Blick auf Jacob richtete.

Jacob nickte.

„Ich habe ihm Aufschub gewährt.", erwiderte Filippo.

„Du wirst weich, Bruderherz. Merke dir, wer das Geld vor einer Woche noch nicht auftreiben konnte, wird es danach auch nicht auftreiben können. Das liegt doch auf der Hand. Yamamoto wird nicht zahlen." Raffaele kam zum Tisch. Er sah auf das aufgeschlagene Buch herab und tippte mit dem Finger auf eine bestimmte Zahl. „Siehst du, was er uns schuldet?! Entweder er bringt heute das Geld, oder wir machen ihn alle. Ganz einfach. Hab ich nicht recht?"

Filippo ging gar nicht darauf ein, sondern wandte sich an Jacob. „Wenn er das Geld heute nicht dabei hat, dann bringst du ihn her."

„Genau, wenn er die Kohlen heute nicht rüberwachsen lässt, dann macht er Bekanntschaft mit uns.", bekräftigte Raffaele den Befehl seines Bruders mit erhitzter Stimme. Er konnte Menschen, die ihre Spielschulden nicht begleichen wollten, nicht besonders gut leiden. Dass es manche nicht konnten, war für ihn irrelevant.

■■■

Kim parkte den Wagen vor ihrer Wohnung und stieg aus. Sie holte aus dem Kofferraum die Einkaufstüten und balancierte mit vollen Händen die Stufen zur Eingangstüre des Hochhauses hinauf. Im selben Moment, als sie mühselig versuchte, nach der Türklinke zu greifen, stieß jemand von innen die Tür auf. Kim ließ die Tüten fallen, um sich an der Brüstung festzuhalten, weil sie ihr Gleichgewicht verloren hatte, als sie von der Tür gerammt worden war. „Kenzo!", schalt sie ihren Bruder, der wie ein wildgewordenes Tier aus der Tür herausgestürmt kam und sie fast zu Fall gebracht hätte.

„Du kennst mich nicht!", rief er ihr angsterfüllt zu und lief davon, ohne auf ihre weiteren Zurufe zu reagieren.

Und dann sah sie sie. Alles ging so schnell. Drei Männer folgten ihrem Bruder, holten ihn schon an der Kreuzung ein und zerrten ihn zu einer Limousine, die nicht weit von ihrem Wagen entfernt stand.

Kim begriff sofort, was die Männer vorhatten und handelte ohne darüber nachzudenken, ob sie sich selbst damit in Gefahr brachte. Sie eilte auf die Männer zu und zerrte am rechten Arm ihres Bruders, um ihn zu befreien. Doch anstatt ihn loszubekommen, wurde sie mit ihm zusammen in die Limousine verfrachtet. Alles hatte sich innerhalb weniger Sekunden ereignet, so dass die wenigen Passanten, die dieses Schauspiel mitbekommen hatten, wieder ihrer Wege gingen, als die Limousine mit quietschenden Reifen davonfuhr.

Im Angesicht der auf sie gerichteten Schusswaffe versuchte Kim keinen Fluchtversuch, sondern verhielt sich ruhig. Ihr Bruder saß neben ihr, zitterte wie Espenlaub und war nicht fähig, einen Laut von sich zu geben. Kim überblickte die Situation sofort. Sie war von wildfremden Männern in einen Wagen gestoßen worden, der nun mit hoher Geschwindigkeit stadtauswärts fuhr. Ihr war sofort klar, dass Kenzo wieder Scheiße gebaut hatte. Doch diesmal fühlte sich alles ein bisschen anders an, gefährlicher als sonst.

„Darf ich fragen, wohin Sie uns bringen?", fragte sie mit ruhiger Stimme den Mann, der die Waffe auf sie richtete. Sie versuchte, Ruhe zu bewahren, denn sie war überzeugt davon, dass Panik fehl am Platz wäre und weiteres Unglück nur heraufbeschwören würde.

Der Mann starrte sie jedoch nur an, ohne ein Wort zu sagen.

„Kenzo, was hat das alles zu bedeuten?", flüsterte sie ihrem Bruder leise auf Japanisch zu, nachdem sie keine Antwort von dem fremden Mann bekommen hatte.

„Du hättest dich da raushalten sollen!" In Kenzos Stimme lag tiefe Angst verborgen. Seine Worte waren kaum zu hören, so leise sprach er zu ihr.

„Haltet jetzt den Mund!", zischte der Mann, der kein Wort der beiden verstand und wedelte mit der Waffe vor Kims Gesicht herum.

Kim hatte keine andere Wahl. Ihr kleiner Bruder steckte in großen Schwierigkeiten, sie saß mit ihm in diesem Wagen fest, wusste nicht warum und musste wohl oder übel warten, bis irgendjemand bereit dazu war, sie aufzuklären.

Ihre Angst versuchte sie vehement zu unterdrücken. Als große Schwester sah sie ihre Aufgabe darin, auf ihren kleinen Bruder aufzupassen, vor allem jetzt, nachdem ihre Mutter gestorben war. Sie hatte Kenzo bis zum heutigen Tag immer aus seinen Schwierigkeiten herausgeholfen und sie sah es als ihre Pflicht an, ihn aus dieser hier ebenfalls zu befreien. In Gedanken rechnete sie schnell ihr ganzes erspartes Bargeld, das sie vorsorglich vor Kenzo in der ganzen Wohnung versteckt hatte, zusammen. Sie hoffte, dass es ausreichen würde, um ihn damit freizukaufen. Dass die Situation ernster war, als sie dachte, war ihr nicht bewusst. Sie schob ihre Hand vorsichtig zu Kenzo hinüber und griff nach der seinen. Sie fühlte, dass er zitterte. Sie drückte fest zu, um ihm damit zu zeigen, dass sie ihn da wieder herausholen wollte.

■■■

Kim wusste nicht, wo sie sich befanden, als sie aufgefordert wurde auszusteigen.

Der Wagen parkte direkt vor einer prunkvollen Villa. Solche prachtvollen Bauten im Jugendstil fand man häufig auf dem Land vor. Als sie die Treppe hinaufging, sah sie auf einen gigantischen Irrgarten hinab, der seitlich am Gebäude angelegt war. Hand in Hand mit Kenzo betrat sie das Haus und folgte den Männern durch die hohe Eingangshalle zu einem kleineren Salon.

„Wartet hier!", sagte der bullige Mann. Er sah von allen dreien am ungefährlichsten aus und wirkte nicht so unfreundlich wie seine Begleiter. Möglicherweise lag das an seiner blonden Mähne und seinen glasklaren blauen Augen. Sie flößten einem keine Angst ein. Der Blondschopf – so wie ihn Kim insgeheim nannte – verließ den Raum. Die anderen beiden blieben bei ihnen und ließen sie nicht aus den Augen.

Kim spielte in Gedanken durch, was sie gleich sagen würde, legte sich sozusagen schon die richtigen Worte parat.

■■■

„Was heißt hier, eine Frau ist auch dabei?" Raffaele sah Jacob fragend an.

„Yamamoto wollte abhauen...als wir ihn geschnappt haben, war sie auf einmal dagewesen... keine Ahnung, woher die kam... die hat an ihm gezerrt und ich wusste ja nicht, ob die noch zum Schreien anfängt... also habe ich sie einfach mit in den Wagen gestoßen, um kein Aufsehen zu erregen ..."

„Sieh einer an, ich habe es dir doch gleich gesagt... der kleine Scheißer wollte abhauen." Raffaele richtete den Blick auf Filippo und fühlte sich in seinen Theorien, die er über Schuldner hatte, bestätigt. Für ihn waren alle Schuldner nur Lügner, die versuchten, vor ihren Schulden zu fliehen.

„Dann bring sie beide rauf.", sagte Filippo, dem es gar nicht gefiel, dass nun auch noch eine Frau getötet werden sollte.

■■■

Kim folgte den Männern. Sie hielt Kenzos Hand fest in der ihrigen und hoffte, bald von hier wieder verschwinden zu können.

Sie betrat einen hohen Raum, der stilvoll mit antiken Möbeln eingerichtet war. Auf den beiden großen Sofas saßen zwei Männer, die schwarze Anzüge trugen. Einer von beiden hatte dunkelblondes, der andere schwarzes Haar. Beide hatten aber eines gemeinsam. Sie sahen aus wie Verbrecher.

Kim stand mit Kenzo vor ihnen und fühlte, dass sie nun doch noch weiche Knie bekam. Ihr ganzer vorheriger Mut schien mit einem Mal wie verflogen zu sein.

„Du wolltest abhauen, habe ich gehört.", sagte Raffaele mit dunkler Stimme.

„Nein, Mr Bellucci, das war ein Missverständnis… ich gebe Ihnen das Geld morgen… morgen Mittag…"

„Pssst!" Raffaele hielt sich den Finger vor den Mund. „Du weißt genau, dass du das nicht tun wirst… so wie es aussieht, willst du uns bescheißen…"

„Nein… wirklich nicht, Mr Bellucci…" Kenzo winselte wie ein jämmerlicher Hund. Schweißperlen standen ihm auf der Stirn. Er hatte Angst.

Nun ergriff Kim das Wort. „Mr Bellucci, ich werde die Schulden meines Bruders begleichen.", sagte sie bestimmt. Sie wollte diesen Männern nicht zeigen, dass sie fürchterliche Angst vor ihnen hatte.

„Dein Bruder ist dir also fünfzigtausend Euro wert?" Raffaele lächelte ungläubig.

„Was?!" Erschrocken sah sie Kenzo an. „Fünzigtausend?"

Kenzo stand wie erstarrt vor ihr und gab keinen Mucks von sich.

„Hören Sie, Mr Bellucci, ich kann Ihnen das Geld zwar nicht sofort geben, aber ich gebe Ihnen jeden Monat Tausend Euro…"

„Ich bin doch keine beschissene Bank!", unterbrach sie Raffaele barsch. Nun erhob er seine Stimme und richtete sich drohend vor ihr auf. „Wir werden an ihm ein Exempel statuieren. Jeder soll wissen, dass wir keinen Spaß verstehen!" Er zog seine Waffe.

„Halt… bitte… können wir uns denn nicht einigen?…" Kim verschluckte ihre Worte regelrecht und nur mühsam kamen sie aus ihrer trockenen Kehle heraus. Sie begriff nun, dass es keinen Ausweg mehr aus dieser präkeren Lage gab.

„Nein!" Raffaele ging richtig in seinem Element auf. Endlich konnte er wieder seine Macht ausspielen.

„Bitte… sie hat doch nichts gemacht… sie schuldet Ihnen nichts, lassen Sie sie bitte gehen…", flehte Kenzo um das Leben seiner Schwester.

„Halt den Mund! Jetzt wirst du mich erst richtig kennenlernen… und weißt du, was? Deine Schwester stirbt als Erste, damit du siehst, mit wem du dich hier angelegt hast!" Raffaele bekam ein richtig irres Grinsen im Gesicht, als er seine Waffe auf die Frau richtete.

Filippo erhob sich rasch, ging hastig auf seinen Bruder zu und nahm ihm die Waffe aus der Hand. Er war wie gelähmt gewesen, als *sie* das Zimmer betreten hatte. Sein Herzschlag hatte sich ums Doppelte erhöht und seine Kehle wurde strohtrocken. Und dann war er nicht mehr fähig gewesen, einen Ton herauszubringen, doch nun hatte er sich wieder gefasst. „Du bekommst noch eine allerletzte Chance, Yamamoto! Deine Schwester bleibt hier, bis du das Geld aufgetrieben hast."

„Ich lasse meine Schwester aber nicht hier..."

Kim begriff sofort, dass dieser Mann bereit war, ihnen eine letzte Chance zu geben, die sie nutzen mussten. „Geh jetzt, Kenzo! Mir wird schon nichts passieren.", redete sie auf ihn ein. „Sprich mit Vater. Er wird dir das Geld geben.", log sie. Sie wusste, dass ihr Vater unmöglich in so kurzer Zeit so viel Geld aufbrigen konnte, ohne selbst Schulden zu machen.

„Du solltest lieber auf deine Schwester hören!" Filippo stand nun direkt vor ihm. „Eine zweite Chance bekommst du nämlich nicht mehr... und keine Angst, sie wird nichts tun müssen, was sie nicht will. Und jetzt geh, bevor ich es mir anders überlege! Und denk daran: wenn du die Bullen rufst, ist sie tot, bevor du einen Fuß vor diese Tür setzt!" Er richtete einen Blick auf die Tür. Filippo hatte seine Worte noch nie so ernst gemeint wie in diesem Moment. Er hatte sie sofort wiedererkannt. Ihre grünen Augen waren unverwechselbar. Als Mädchen war sie schon wunderschön gewesen, hatte ihm schlaflose Nächte bereitet, doch als Frau war sie noch viel atemberaubender. Wie eine japanische Göttin stand sie vor ihm und starrte ihn unerschrocken an. *Ob sie ihn möglicherweise auch erkannt hatte?*, schoss es ihm durch den Kopf. Er wusste es nicht, er wusste nur, dass er sie nicht wieder gehen lassen durfte.

„Bringt sie runter, und Luca soll ihn in die Stadt zurückfahren!", befahl er Jacob und wandte sich von ihr ab. Er konnte nicht länger in diese grünen Augen schauen. Er fühlte, dass sie Macht über ihn ausübten. Langsam ging er auf das Fenster zu. Er hörte, wie seine Leute mit den beiden den Raum verließen. Kurze Zeit später sah er Yamamoto unten auf dem Hof in Lucas Wagen steigen. Er wandte sich seinem Bruder zu, sah, dass er verärgert über seine Entscheidung war, die er ihm nicht hätte erklären können, ohne sich ihm zu offenbaren.

„Wieso hast du ihm eine letzte Chance gegeben?", fragte Raffaelo verärgert.

Filippo antwortete nicht.

„Na gut, aber ich sage dir gleich, die Nutte gehört mir…dann will ich wenigstens meinen Spaß mit ihr haben…"

Filippo packte ihn am Arm. „Du wirst sie nicht anfassen! Hast du gehört!", zischte er durch die Zähne.

Raffaele verstand sofort. Er löste sich aus dem festen Griff seines Bruders. „Ist ja schon gut, Bruderherz… brauchst nicht gleich so auszurasten… wenn du sie haben willst, dann gehört sie eben dir, das Flittchen.", lachte er verächtlich. „Wusste gar nicht, dass du auf Japse stehst?"

Filippo schenkte seiner dummen Bemerkung keine Beachtung und verließ den Raum. Er war auf dem Weg zu ihr.

■■■

Kim folgte den Männern. Sie brachten sie in einen Raum, der sich 50 m unterhalb des Kellers befand und von der Außenwelt völlig abgeschnitten war. Man konnte ihn nur per Aufzug erreichen. Es befanden sich keine Möbel in diesem Raum, nur ein einzelner Kronleuchter zierte die gewölbte, hohe Decke. Von diesem Kronleuchter hing ein Seil herab, an dessen Ende Handschellen befestigt waren. Jacob führte Kim in die Mitte des Raumes, griff mit der einen Hand nach dem Seil, packte sie mit der anderen an den Händen, zog sie hoch und legte ihr die Handschellen an. Anschließend griff er nach dem anderen Ende des Seils, zog kräftig daran, bis es stramm genug saß und befestigte es an einer Vorrichtung, die sich seitlich von Kim an der Wand befand. Er ging zu Kim zurück. „Nur eine kleine Vorsichtsmaßnahme, damit du nicht abhaust." Jacob hatte sofort bemerkt, dass sein Freund etwas Faszinierendes an dieser Frau fand. So seltsam hatte er sich noch nie benommen, und eine letzte Chance hatte es für einen Schuldner noch nie gegeben, der seine Geduld dermaßen strapaziert hatte. Jacob spürte, dass Filippo großes Interesse an dieser Japanerin hatte. Warum, wusste er zwar nicht, aber umso mehr hatte er Grund, seinen Männern zu verbieten, sie zu berühren. Ihm war klar, dass sie es ansonsten getan hätten.

Kim hatte ihre Angst vollkommen ausgeblendet, sonst hätte sie diese Ungewissheit, was nun mit ihr passieren sollte, umgebracht. Sie wagte nicht, mit den Männern zu sprechen, die nur ein paar Meter von ihr entfernt standen und sie schweigend beobachteten.

Und dann ging die Tür auf und der Mann, der ihnen eine letzte Chance gegeben hatte, trat ein.

■■■

Filippo schickte seine Männer hinaus. Nun war er ganz alleine mit ihr in diesem neumodischen Kerker, den sein Bruder aus nostalgischen Gründen hatte optisch anfertigen lassen wie ein Modell aus dem letzten Jahrhundert.

Die Frau, die vor Jahren schon sein starkes Verlangen sowie die Sehnsucht nach Leidenschaft und Lust auf Sex in ihm geschürt hatte, stand nun gefesselt vor ihm. Er fühlte, wie sich bei diesem verruchten Anblick erneut ein starkes Verlangen nach ihr in ihm regte und sein Penis unbeherrscht zu zucken begann. Sie war so anmutig, so schön anzusehen, ihr Gesicht makellos, und ihre grünen Augen faszinierten ihn genauso wie ihre wohlgeformten Rundungen. Er wurde unweigerlich scharf in ihrer Gegenwart. Ihr glattes Haar reichte ihr fast bis zu ihren Hüften hinunter und das Hohlkreuz, das sie zwangsläufig machen musste, betonte ihren prallen Hintern noch mehr. Die engen Jeans betonten ihre weibliche Figur und das enge Top ihre prachtvollen Brüste. Die Furchtlosigkeit und das tiefe Grün ihrer Augen schürten sein loderndes Feuer. Er wusste, dass sie Angst haben musste, aber er sah, dass sie diese geschickt vor ihm zu verbergen versuchte.

Langsam ging er auf sie zu, bis er ganz dicht vor ihr stand. Er näherte sich ihrem Nacken und roch an ihr. Leise flüsterte er ihr ins Ohr. „Ich schlage dir einen Handel vor. Willst du deinen Bruder retten? Wir beide wissen, dass er keine fünfzigtausend Euro wird auftreiben können, sonst hätte er es schon längst getan. Und? Interessiert?"

Kim spürte seinen warmen Atem auf ihrer Haut, konnte selbst nicht fassen, dass ihren ganzen Körper bei seinen Worten ein angenehmes Frösteln durchzuckte, das nichts mit ihrer Angst zu tun hatte. Sie konnte dieses Gefühl noch nicht einschätzen. Sie hatte nur das starke Gefühl, dass sie vor ihm keine Angst zu haben brauchte. Seine Gegenwart ließ ihren Herzschlag emporschnellen, allein durch seine Worte, allein durch den zarten Hauch seines Atems, der ihren Nacken sanft streichelte wie ein frischer Windhauch. Sie nickte nur, unfähig in diesem Moment etwas zu sagen.

Filippo entfernte sich ein paar Schritte von ihr. Er wusste, dass er sie hätte haben können. Er hätte sie sich einfach nur nehmen brauchen, hätte seine unbändige Sexgier einfach stillen können, indem er über sie herfiel, aber das wollte er nicht. Obwohl sie ihm hilflos ausgeliefert war, wollte er ihr keine Gewalt antun, vielmehr wollte er, dass sie ihn auf Knien anbetteln sollte, wenn sie von ihm berührt werden wollte. Er wandte sich ihr wieder zu, fixierte sie eingehend mit seinen Blicken. „Unterwirf dich mir. Wenn du meine Liebessklavin wirst, erlasse ich deinem Bruder seine gesamten Schulden."

Kim stockte der Atem. „Ihre *Liebessklavin?*" Sie musste sich seine Worte erst einmal auf der Zunge zergehen lassen, bis sie

61

deren Bedeutung erst richtig begreifen konnte, verstand, was er gesagt hatte. Doch dieses anrüchige Angebot stieß sie keineswegs ab. Was stellte er sich darunter vor? Eine Hure? Oder sein uneingeschränktes Eigentum? Sie kannte die *Geschichte der O* nur zu gut, um zu wissen, was er von ihr wollte. Daher verstand sie auch sofort, worauf er hinaus wollte. Einerseits war sie damals ziemlich abgeneigt von diesem Buch gewesen, andererseits hatte sie sich in ihren heimlichen Fantasien oftmals vorgestellt, wie es wäre, wenn sie an *Os* Stelle gewesen wäre. Hätte sie unter diesen Umständen überhaupt etwas empfinden können? Hätten sich in ihr Gefühle geregt? Wäre sie nass geworden, wenn ein Mann versucht hätte, sie zu unterwerfen? Sie wusste es nicht und bis zum jetzigen Augenblick war sie auch noch nie in eine derartige Situation gekommen. Irgendwie erregte es sie, dass er sie als Lustsklavin haben wollte und ihm das alles fünfzigtausend Euro wert war. Andererseits fühlte sie sich von diesem Angebot angewidert, richtiggehend abgestoßen. Sie war doch keine Hure! Oder doch? *O Gott, ich bin erregt!,* dachte sie, als sie diese wohlige Nässe in ihrem Slip fühlte und das bekannte Zucken in ihrem Unterleib wahrnahm, das ihr verriet, dass sie furchtbar scharf war. Fühlte sie tatsächlich Begierde bei den Worten dieses Mannes?

„Ja, meine Liebessklavin.", flüsterte er ihr zu.

„Und was heißt das dann im Genauen?" Ihre Stimme war nur ein leiser Hauch, der ihre Kehle verließ. Sie fühlte, wie ihr der heftige Herzschlag die Kehle zuschnürte.

„Du wirst mein Eigentum. Du unterwirfst dich mir vollständig. Was ich von dir verlange, wirst du tun, ohne es anzuzweifeln. Ich will absoluten Gehorsam, ich will deine Loyalität und die Liebe, die du mir als Liebessklavin schuldest. Wenn du dazu bereit bist, ist dein Bruder frei. Wenn nicht, wirst du so lange hier unten an meinem Kronleuchter hängen, bis er dich ausgelöst hat. Keine Angst, ich werde dich nicht anfassen, aber ich kann nicht dafür garantieren, dass es meine Männer ebenfalls nicht tun werden... hinter meinem Rücken passiert viel, von dem ich nichts weiß."

Kim blieb ein Klos im Hals stecken. Seine Worte erregten sie auf merkwürdige Art und Weise, doch sie stießen sie gleichzeitig auch ab. Sie fühlte sich hin und her gerissen. Hure bis in alle Ewigkeit? Sollte sie so enden? Als Sklavin? In der heutigen Zeit? Im modernen Zeitalter? War das überhaupt möglich?

Filippo näherte sich ihr. Er fasste sie behutsam am Haar und zog ihren Kopf leicht in den Nacken. Abermals roch er an ihrem Nacken und sog ihren bezaubernden Duft in sich ein. „Ich gebe dir zwei Stunden Bedenkzeit. Wenn ich wiederkomme, möchte ich deine Antwort wissen."

Er ließ sie los, drehte sich um und ließ sie allein.

■■■

„Deine *Sklavin?!*" Jacob konnte sich ein Grinsen nicht verkneifen.

„Was spricht dagegen?" Filippo sah zum Fenster hinaus und dachte an sie.

„Na ja, eigentlich nichts… aber, wie willst du das deinem Bruder erklären? Der hält dich bestimmt für total verrückt." Jacob ging auf seinen Freund zu, der ihm nun seine Beweggründe für sein derart merkwürdiges Verhalten erklärt hatte und ihn nun um Hilfe bat, seinen Plan so umzusetzen, dass er vor seinen Männern und seinem Bruder nicht das Gesicht verlor. Er wollte vor ihnen nicht wie ein kompletter Narr dastehen.

„Deswegen bin ich ja auch zu dir gekommen." Filippo konnte selbst nicht glauben, dass diese Frau, die er eigentlich gar nicht kannte und die ihn in seiner Jugend um den Verstand gebracht hatte, schon wieder eine solche Macht über ihn besaß und seine kleine Weltordnung total ins Schwanken brachte. *Wieso übt sie nur solche Macht über mich aus?*, fragte er sich schon die ganze Zeit.

„Also gut. Hör zu, du gibst mir fünfzigtausend und ich bringe sie heimlich zu Yamamoto, der sie wiederum am nächsten Tag Raffaele übergeben soll. Dann denkt dein Brunder, Yamamoto hätte seine Schulden beglichen und die Japanerin bleibt aus freien Stücken bei dir. Wenn sie sich bereit erklärt, deine *Sklavin* zu sein, dann wirst du ihr bestimmt klarmachen können, hiervon niemandem zu erzählen. So bleibt dein Gesicht gewahrt und dass *ich* nichts sage, ist dir wohl hoffentlich klar. Damit der kleine Hosenscheißer aber keine Schwierigkeiten macht, weil du seine Schwester behältst, verfrachten wir ihn in diesem Zug gleich nach Japan zurück und knüpfen das einfach an unsere Bedingungen. Nennen wir es einfach *zur Begleichung unserer Zinsen*. Schließlich schuldet er uns das verdammte Geld schon seit über zwei Monaten."

„Und wenn er nicht freiwillig nach Japan zurückgeht?"

„Ganz einfach. *Sie* wird es ihm sagen. Als dein Eigentum muss sie machen, was du ihr sagst. Yamamoto wird nicht wissen, dass sie bei dir bleibt."

„Und wenn sie sich dagegen entscheidet?" Filippo konnte nicht fassen, dass sich in seinem Leben plötzlich alles um sie drehte.

„Lass mich zu ihr. Gib mir nur fünf Minuten... glaub mir, danach wird sie sich für dich entscheiden."

„Was wirst du machen?" Filippo sah ihn fragend an.

„Vertrau mir einfach. Ruf mich in exakt fünf Minuten auf meinem Handy an, nachdem ich zu ihr reingegangen bin. "

Beide machten sich auf den Weg zu ihr.

■■■

Kim dachte nach. Das Zeitgefühl hatte sie gänzlich verloren, aber sie ahnte, dass er wohl bald zurückkommen würde.

Und dann öffnete sich die Tür. Aber er kam nicht, sondern der Blondschopf, der sie an dieses Seil gekettet hatte.

Er näherte sich ihr. Doch sein Blick hatte sich verändert. Er sah nicht mehr so freundlich aus wie vorher, sondern ein dämonisches Feuer loderte in seinen Augen. Als er dicht vor ihr stand, packte er sie plötzlich an den Hüften und presste seinen Unterleib fest gegen ihren. Nun fühlte sie etwas Hartes, das sich zwischen ihre Schenkel pressen wollte. Sie begriff augenblicklich, was er vorhatte. Stürmisch begann er sie am Hals zu küssen, während er mit der anderen Hand hastig ihre Jeanshose aufknöpfte. Sie versuchte, sich gegen diesen sexuellen Übergriff zu wehren, doch sie hatte keine Chance, gegen ihn anzukommen. Und dann fühlte sie seine Zunge in ihrem Mund. Nun konnte sie nicht einmal mehr um Hilfe schreien. Langsam bahnte sich seine Hand einen Weg zwischen ihre Beine. Er berührte sie unsittlich an ihrer Scham. Kim wollte schreien, aber sie konnte nicht.

Und dann geschah ein Wunder. Sein Handy klingelte auf einmal. Sie hörte deutlich das dumpfe Geräusch aus seiner Hosentasche heraus.

Er ließ sofort von ihr ab, fischte sein Handy aus der Hosentasche und schlug die Klappe auf. „Ja?", meldete er sich. „Ich komme gleich.", sagte er kurz darauf und steckte das Handy wieder ein.

Kim sah ihn erschrocken an.

Doch er lächelte nur. „Wir vergnügen uns später weiter. Hoffe, du vergisst mich nicht bis dahin." Er lachte. Jacob wusste ganz genau, dass er sie jetzt dort hatte, wo er sie hinhaben wollte. Er wandte sich von ihr ab und verließ den Kerker.

■■■

Kims Entschluss stand fest.

Lieber würde sie die Hure eines einzigen Mannes werden wollen als die Hure für alle Männer, die sich in dieser Villa hier befanden. Dass sie knapp einer Vergewaltigung entkommen war, war ihr bewusst.

Nun hoffte sie sehr, dass *er* zurückkäme, bevor es der Blondschopf tun würde.

Und wenn es die einzige Möglichkeit war, das Leben ihres Bruders zu retten, dann würde sie dieses Opfer eben auf sich nehmen. Besser als der Tod war es allemal.

Die Minuten vergingen wie in Zeitlupe.

■■■

Filippo stand dicht vor ihr und sah sie fragend an. Er erwartete nun ihre Antwort.

„Ja. Ich gehe das Geschäft mit dir ein.", sagte sie leise.

Filippo wusste zwar nicht, was Jacob zu ihr gesagt hatte, als er draußen vor der Tür auf ihn gewartet hatte, aber es musste wirksam gewesen sein, sonst hätte sie nicht ohne weiteres zugesagt. Möglicherweise hätte sie noch versucht zu handeln. Nun gehörte sie ihm, ihm allein und seiner unendlichen Fantasie. Zärtlich umfasste er ihr Becken und drückte sie fest an sich. Sein Penis hatte sich bereits aufgerichtet und drängte wie ein wildes Tier aus der Hose heraus. Jahrelang hatte er auf diesen einen Moment gewartet: Sex mit der Frau zu haben, der er als junger Mann verfallen war. Alles hätte er für sie getan, nur um sie zu besitzen. Doch als sie über Nacht verschwunden war, war sein Traum wie eine Seifenblase zerplatzt. Seine ganzen Bemühungen herauszufinden, wohin sie gegangen war, waren vergebens gewesen. Seine ganzen Empfindungen von damals überschwemmten ihn wie eine riesige Flutwelle und zogen ihn unweigerlich in die Tiefe hinunter, an den Rand der grenzenlosen Lüste. Der unmoralische Handel, das Verbotene an diesem Deal, seine unbändige Sexgier, seine wachsende Begierde nach ihr raubten ihm den Verstand, brachten seinen Atem zum Stillstand. Wild und zügellos begann er sie zu küssen. Leidenschaftlich bahnten sich seine Hände einen Weg zu ihrer Scham. Der Reißverschluss ihrer Hose war zwar geöffnet, doch dies hatte er in seiner grenzenlosen Gier nicht bemerkt. Seine Finger fühlten die wohlige Wärme ihrer Schamlippen. Zärtlich rieb er während des Kusses über ihre Falten und drang behutsam mit seinem Zeigefinger in sie ein, um sie liebevoll mit dem Finger zu vögeln. Als er bemerkte, dass ihre Möse feucht wurde, schürte diese Tatsache sein unbändiges Verlangen noch mehr. Eine Liebessklavin, die durch seine Berührungen erregt wurde, war genau das, was er sich von ihr erträumte.

Kims Verstand sagte ihr zwar, dass es sich hierbei nur um die Erfüllung eines Handels handelte, den sie eingegangen war, doch ihre Gefühle sagten ihr etwas anderes. Die Liebessklavin dieses Mannes zu sein erregte ihre Fantasie. Sie konnte, wollte sich am Ende dieser lustvollen Gefühle nicht erwehren. Unweigerlich stiegen bei seinen stürmischen Berührungen und während seines wilden Kusses starke Empfindungen in ihr empor, die sie geil machten. Sie spürte, dass sie nass wurde, als er sie zärtlich mit seinen Fingern an der Scham berührte und den Slip behutsam beiseite schob. Die heftige Reibung seiner Hand auf ihren Schamlippen führte dazu, dass sie vor Erregung anschwollen und ihm ihr Lustsaft über die Finger spritzte. Niemals hätte sie gedacht, bei einem solchen unmoralischen Angebot scharf zu werden, doch sie konnte kaum verleugnen, dass sie sich ihm leidenschaftlich hingeben wollte. Wenn so ihre Leibeigenschaft aussehen sollte, dann wäre sie bereit dazu, würde sie mit offenen Armen empfangen. Sie ahnte schon immer, dass sich ihre dunkle Seite nach einer Unterwerfung sehnte, um ihre geheimen devoten Gelüste ausleben zu können, die in ihrem tiefsten Inneren verborgen lagen. *Unterwerfung? Ja, genau das wollte sie.* Sie fühlte sich von diesem Mann begehrt, magisch angezogen, und sie fühlte sich erregt, spürte ihre unbändige Sexgier, die bis heute friedlich in ihrem Innersten geschlummert hatte und nur darauf wartete, von ihm befreit zu werden. Diese tiefe, leidenschaftliche Erregung hatte sie noch nie bei einem Mann gespürt, den sie sozusagen freiwillig fickte. Der Zwang erregte sie. Ja, es waren der unmoralische Handel und die Unterwerfung, die ihr inneres Feuer schürten. Fest umklammerte sie mit ihren Beinen seine Lenden und ließ ihre Hüften kreisen. Kraftvoll stemmte sie ihren Unterleib gegen seinen, um diese stählerne Härte besser spüren zu können.

Filippo erregte es sehr, als er sah, dass sie so lustvoll mitmachte. Stürmisch zog er ihr die Hosen herunter, hob sie an und drang vorsichtig in das Objekt seiner Begierde ein. Die Enge ihrer Möse machte ihn rasend vor Gier. Kraftvoll stieß er seinen Schwanz in das Lustobjekt.

Kim wirkte seinen kräftigen Stößen entgegen, indem sie ihn vollends in sich aufnahm und ihre Hüften heftig kreisen ließ.

Sie fühlte diese Stärke, diese Dicke, die immer wieder kraftvoll in sie eindrang, um ihr die größtmöglichste Lust zu bereiten. Leidenschaftlich erwiderte sie die Küsse ihres Herrn. Und als er sich in ihr ergoss, hielt sie ihn mit ihren Beinen umschlossen, um sein Glied erst wieder freizugeben, wenn es erschlafft wäre. Sie spürte, wie es an Härte verlor, doch es erregte sie umso mehr, von seinen Küssen überhäuft zu werden. Sie streckte ihm ihren Nacken hin und genoss seine stürmischen Küsse. Und dann fühlte sie, wie sich sein Glied in ihrer Enge langsam wieder aufrichtete. Es schwoll an, bis es wieder aufs Neue kraftvoll in sie zu stoßen begann.

Kim fühlte sich wie im Rausch.

Vollkommen benommen umklammerte sie seine Lenden mit ihren Beinen und genoss seine kraftvollen Stöße. Heimlich wünschte sie sich, es würde niemals enden.

■■■

4 ½ Monate später…

Kim kniete tief gebeugt vor ihm auf dem Boden und streckte ihr Hinterteil in die Höhe. Der zarte Stoff ihres weißen Seidenkleides bedeckte ihre knackigen Pobacken.

Filippo stand aufrecht über ihr und hielt die Peitsche in der Hand. Er wollte sie bestrafen, weil sie ihm widersprochen hatte, aber er konnte nicht. Er liebte dieses Geschöpf, das ehrfurchtsvoll vor ihm kniete, um die Bestrafung über sich ergehen zu lassen. Das tat sie immer. Doch irgendetwas hatte sich geändert, schon seit geraumer Zeit. Zu Anfang war er noch fähig gewesen, die Peitsche über ihr pralles Hinterteil schwingen zu lassen und ihren Schreien zu lauschen, doch seit ein paar Tagen brachte er es nicht mehr übers Herz. Er hielt sie zwar nach jeder Bestrafung stundenlang in den Armen, um sie zu trösten, doch es veränderte ihn. Kim war eine gehorsame Liebessklavin, die ihm seine Wünsche sogar von den Lippen ablas und er hätte sich seine Herrschaft über sie niemals derart erregend vorstellen können. Aber das reichte ihm nicht mehr. Er wollte nicht nur über sie herrschen, ihren Körper besitzen, nein, er wollte uneingeschränkt auch ihre Seele besitzen. Er wusste, sie diente ihm so gut wie es keine andere vermocht hätte, aber die Liebe, die er sich wünschte, gab sie ihm nicht. *Wie auch?*, fragte er sich oft, wenn er sie doch wie seine Gefangene in dieser Villa festhielt. Vor einiger Zeit hatte sie zu ihm sogar gesagt, sie fühle sich wie ein Vogel im Goldenen Käfig, so gut sei er zu ihr. Doch ihn verletzten ihre Worte so sehr, dass er sie noch am selben Abend mit der Peitsche bestraft hatte. Wie konnte sie nur zu ihm sagen, sie fühle sich eingesperrt, wenn der Handel, den sie mit ihm eingegangen war, ihr befahl, sich wie eine Liebessklavin zu verhalten. Gehorsam und ohne die Herrschaft ihres Herrn in Frage zu stellen. Doch mit ihren kleinen Bemerkungen stellte sie sie immer wieder in Frage. Und dabei wollte er ihr nur seine Liebe schenken, wollte ihre dadurch gewinnen, aber er ahnte, dass er es nicht würde schaffen können, wenn er an dieser Situation nichts änderte. Er war verzweifelt.

Nun stand er über ihr mit der Peitsche in der Hand und wusste, dass sie auf den ersten Peitschenhieb schon wartete. „Liebst du mich?", fragte er plötzlich.

Kim war auf diese Frage nicht vorbereitet gewesen. Sie hatte sich diese Frage schon längst selbst gestellt, konnte sie aber nicht beantworten. War es nur tiefe Ergebenheit, die sie ihm gegenüber fühlte, oder war es mehr? Aber wie sollte sie das jemals herausfinden, wenn ihre ganze sexuelle Beziehung auf einem gegenseitigen Abkommen basierte. Er bereitete ihr lustvolle

Stunden, das war wahr, doch wie sähe es aus, wenn sie nicht devot veranlagt wäre? Kim war klar, dass dieses Spiel, und größtenteils war es auch nur ein Spiel für sie, nur möglich war, weil sie tiefe Erregung dabei empfand, von ihm dominiert zu werden. Sie kannte diese Neigung vorher nicht, doch er hatte sie gelehrt, Lust zu empfinden, wenn man einem Mann als Liebessklavin diente. Und es erregte sie ungemein, es erregte sie sogar so sehr, dass sie am Morgen schon mit dem Gedankem erwachte, von ihm gefickt zu werden. Sie musste sich eines Tages eingestehen, dass sie ihm aus Leidenschaft als Liebessklavin diente. Nun stellte er ihr eine Frage, auf die sie selbst keine Antwort hatte. Sie wusste aber, er erwartete eine. Also sagte sie nur: „Es ist meine Pflicht als deine Liebessklavin."

Filippo fühlte sich durch ihre Worte zutiefst verletzt und wollte sie am liebsten dafür bestrafen, doch er konnte es nicht. Die Ungewissheit darüber zeriss ihn schier. Er musste es wissen, wissen, was sie fühlte. Er ließ die Peitsche fallen und kniete sich hinter sie. Mit beiden Händen zog er ihr liebevoll das Kleid über die Hüften. Ihr blasser Po entzückte ihn immer wieder aufs Neue. „Ich liebe deinen Arsch.", sagte er mit erregter Simme. „Und ich liebe es, dich zu ficken. Sag mir, ob du es liebst, von mir gefickt zu werden!" Zärtlich knetete er ihre prallen Pobacken und zog sie sanft auseinander, um ihre beiden Löcher zu betrachten. Ihre Möse war schon wieder nass. Daran sah er sofort, dass sie geil war und ihm wenigstens in dieser Richtung nichts vorspielte. Ihre kleine Rosette zog sich zusammen, und das, das tat sie immer. „Antworte!", befahl er, nachdem sie immer noch nichts gesagt hatte. Seinen Schwanz hatte er schon längst aus seiner Hose befreit. Sobald er ihren Arsch sah, schwoll er sofort an. Und sein Penis war dick, groß und verdammt hart.

Kim hatte lange überlegt, doch auch diesmal kam sie zu keiner anderen Antwort. „Es ist meine Pflicht.", erwiderte sie leise.

Filippo fühlte einen Stich in der Brust. Wie konnte sie ihm das nur antun? Sah sie nicht, wie sehr er litt?!, dachte er bei ihrem verruchten Anblick. Und dann traf er eine Entscheidung. Er beugte sich direkt über ihr einladendes Geschlecht und berührte mit seiner Zungenspitze ihre geweitete Spalte. Sanft leckte er über ihre Falten. Er sah sofort, dass es ihr gefiel. Sie ließ langsam ihre Hüften kreisen, deshalb rieb er immer fester über ihre Möse, und Kim ließ ihren Unterleib immer schneller kreisen, presste ihm ihr Geschlecht noch fester ins Gesicht. Sie liebte es, von ihm geleckt zu werden. Filippo verschlang ihre beiden Schamlippen fast gänzlich und lutschte daran wie an einem Lolli. Mit der Hand massierte er gleichzeitig ihren Venushügel, um sie noch lauter zum Stöhnen zu bringen. Er richtete sich wieder auf, spielte mit seiner Schwanzspitze an ihrer geweiteten Öffnung, bis er tief in sie eindrang. Sie nahm sein steifes Glied vollständig in sich auf und presste ihren Hintern fest gegen seine Lenden. Nun stieß Filippo kraftvoll zu, bewegte sich immer schneller in ihr, ließ seinen Schwanz kreisen, zog ihn immer wieder aus ihrer nassen Lusthöhle wieder heraus. Als er abermals zustieß, beugte er sich über sie und vergrub ihren zierlichen Körper unter seiner gewaltigen Brust. Leise flüsterte er ihr zu. „Ich lasse dich frei, Kim. Sobald ich dich zum Höhepunkt gefickt habe und deine süße Fotze nicht mehr nach mehr schreit, darfst du gehen. Ich halte nicht mehr an unserer Vereinbarung fest."

Für Kim waren seine Worte wie ein Schlag ins Gesicht. Wie konnte er sie gehen lassen, wenn sie doch aus Leidenschaft seine Liebessklavin war? „Ich werde nicht gehen!", sagte sie nur und presste ihren Hintern noch fester gegen seinen Unterleib.

„Aus Pflichtgefühl?", fragte er.

„Nein. Diesmal, weil *ich* es so will.", antwortete sie.

Das war für Filippo Beweis genug für ihre Liebe. Sie sprach es zwar nicht direkt aus, aber ihre Worte konnten für ihn keine andere Bedeutung haben als nur diese eine. Nun war er zufrieden, da er hatte, was er wollte. „Ich nehme dein Angebot an.", sagte er nur und stieß seinen Schwanz tief in das Objekt seiner Begierde. Seine Stimme war rau vor Begehren, sein Herz raste vor Glück.

In dieser Nacht hatte er sie sich genommen wie ein liebestrunkener Narr. In allen übrigen Nächten war sie wieder seine Liebessklavin, seine *Liebessklavin aus Leidenschaft.*

3

Das Model und die Hure

Das verbotene Spiel… Paris, Frankreich, 2009.

Gisele lehnte mit ihrem Kopf am Bettgestell und hielt ihre Beine leicht angewinkelt. Bekleidet war sie lediglich mit weißen Strapsen, die sich an ihre zarten Beine schmiegten. Ihre blonde Haarpracht bedeckte ihre Brüste, und sie galt allgemein als das Vollweib schlechthin. Beim Anblick ihrer makellosen Schönheit und schon allein ihrer bloßen Nacktheit stockte schon manch einem Mann der Atem und trieb sein Blut geradewegs in die Lenden, wenn er sie im *Playboy* bewundern durfte. Der Männerwelt diente sie schon lange als Traumvorlage für ihre sexuellen Fantasien. Aber ihr großer Traum war schon seit jeher, eines Tages die Titelseite der *Vogue* zu schmücken und dadurch berühmt zu werden. Doch heute schob sie ihren Traum beiseite, denn getrieben von ihrer unbändigen Sexgier, sich der Wollust und diesem Weibe hingebungsvoll hinzugeben, präsentierte sie ihre glattrasierte Scham ohne Hemmungen, um ihr unbändiges Verlangen nach ihr zu stillen.

„Spreiz deine Beine, du Luder, damit ich dich besser mit meiner Zunge lecken kann!", sagte Milla mit verführerischer Stimme, warf ihre rote Haarmähne zurück und kam zu ihr hochgekrochen wie eine Schlange. Dabei bewegte sie ihren prallen Po äußerst kokett hin und her. Sie küsste zärtlich Giseles Schenkel, während sie ihr mit den

Fingern zart über ihre erregten Schamlippen strich. Zärtlich biss sie in das zarte Fleisch ihrer Schenkel. Sie genoss es, sie mit ihren Beißerchen zu quälen. Gisele stand auf ihre Spielchen, das wusste sie. Milla wurde zwar für ihre Dienste bezahlt, doch hatte sie den Spieß schon längst umgedreht und ihre Auftraggeberin unterworfen und sexsüchtig gemacht. Milla war schon seit langem *die Droge*, die Gisele am meisten zum Leben benötigte. Sie war für sie die Luft, die sie zum Atmen brauchte.

„Ich weiß gar nicht, wie ich vorher ohne deine Zunge überhaupt auskommen konnte. Du leckst wie eine junge Göttin... ja, saug an meinen Lippen...", stöhnte Gisele. Sie war vernarrt in Millas Zunge, in ihre Liebeskünste, die sie zwar jedes Mal teuer bezahlen musste, dennoch war es Milla ihr wert. Sie war schon zu vielen Huren gegangen, um sich sexuelle Befriedigung zu verschaffen, doch bei Milla war sie hängengeblieben. Keine war so zärtlich zu ihr wie sie, keine gab ihr das Gefühl, dass diese Sexualität, die die beiden gemeinsam auslebten, durchaus real sein könnte.

Milla Malkovich, deren törichte Illusionen, ein berühmtes Top-Model zu werden, sie aus Russland direkt in ein Pariser Bordell gebracht hatten, hatte sich schon immer durchs Leben kämpfen müssen. Und als Gisele Refaeli, das derzeit beliebteste Playboy-Girl, in jener Nacht das erste Mal vor ihrer Tür gestanden hatte, hatte sie sofort gesehen, dass dieses zarte Wesen mehr als nur eine Hure suchte. Also gab sie Gisele, was sie sich am meisten von ihr wünschte. Liebe, Zärtlichkeit, Geborgenheit und wilden Sex, den sie in der Öffentlichkeit nicht ausleben konnte, weil sie sich schämte lesbisch zu sein. Milla wurde für ihre Liebesdienste und ihre Verschwiegenheit gut bezahlt. Und da Gisele eigentlich zu unerfahren in diesen Dingen war, gab sie auch noch in ihrer sexuellen Beziehung den Ton an. Sie hatte somit ihre Auftraggeberin in gewisser Weise unter Kontrolle und konnte bestimmen, wann sie welche Termine für ein heimliches Stelldichein vereinbaren wollte. Und Gisele nahm dankbar jeden Termin an. Um Milla nicht zu verlieren, tat sie alles, was diese ihr befahl. Denn Milla bedeutete für Gisele mehr als nur ein geschäftliches Abkommen. Für sie war Milla die Frau, mit der sie ohne Scham ihre sexuellen Fantasien ausleben konnte. In ihr sah sie ihre sexuelle Erfüllung, die sie aber bedauerlicherweise heimlich ausleben musste. Denn niemand durfte wissen, dass sie Frauen liebte. Und Milla war eine Frau, die ihr Herz innerhalb kürzester Zeit erobert hatte, auch unter diesen besonderen Umständen.

Gisele erzitterte, als sie Millas feurige Zunge auf ihrer Scham spürte. „Leck mich härter!", bettelte sie förmlich und ließ ihre Hüften auf dem weißen Bettlaken kreisen.

Milla leckte nur ein einziges Mal fest über Giseles Schamlippen, dann kroch sie zu ihr hoch, um sie zu küssen. „Wenn du meine Möse zuerst zum Höhepunkt leckst, dann besorg ich's dir wie ein Mann. Einverstanden?"

Gisele erzitterte bei ihren Worten. Sie wusste genau, was das zu bedeuten hatte. Milla würde sie mit ihrem großen Gummischwanz ficken, den sie sich immer um die Hüften band, nachdem sie selbst von ihr zum Höhepunkt geleckt worden war. Und Milla fickte wie eine junge Göttin, wenn sie diesen harten Schwanz umgebunden hatte.

„Und?", Milla sah sie verführerisch an und zwirbelte mit ihren Fingern an Giseles harten Nippeln. Sie wusste ganz genau, wie sie ihre Kunden zu bedienen hatte. Und Gisele war für sie eine ganz besondere Kundin, die all ihre Vorzüge zu genießen schien.

„Alles, was du willst…", stöhnte Gisele.

Milla zog sie an den Beinen zu sich herunter und ging über ihrem Gesicht in die Hocke. Mit ihrem nassen Geschlecht setzte sie sich nun auf Giseles Gesicht. „Steck mir deine Zunge tief in mein süßes Fötzchen. Und fick mich gut, meine Süße!" Nun spürte sie Giseles feuchte Zunge, wie sie geschickt und schnell um ihre Falten tanzte und dann fühlte sie, wie sie langsam in ihre enge Öffnung eindrang. „Fick mich auch mit deinem Finger… ich will beides in meiner Fotze spüren…", hauchte Milla. Ihre Stimme bebte vor Erregung. Milla war sexbesessen und genoss es, sexuell verwöhnt zu werden. Dabei war ihr völlig egal, ob von einem Mann oder einer Frau. Sie beherrschte die Kunst, mit ihrer Kundschaft so umzugehen, dass sie am Ende genau das bekam, was sie wollte, auch wenn die Freier eigentlich diejenigen waren, die dafür bezahlen mussten. Milla bewegte ihren Unterleib immer schneller auf und ab, als sie neben Giseles Zunge auch noch deren Finger in ihrer engen Öffnung spürte. Milla fühlte sich jetzt gut angeheizt, daher wollte sie Gisele nun das geben, wonach sie bei jedem Treffen lechzte: Einen guten Fick. Und ihre Amazone, wie sie sie oft in der Hitze des Gefechts nannte, sollte es ihr wie immer mit ihrem Gummischwanz so richtig gut besorgen. Milla beugte sich vor, zog die Schublade des Nachtkästchens auf und holte den Gummischwanz heraus. Sie stieg von Giseles Gesicht herunter und band sich den Schwanz um. „Dreh dich um!", befahl sie Gisele.

Giseles Herzschlag erhöhte sich. Sie drehte sich um und streckte ihrer Liebesgöttin ihren Hintern entgegen.

„Du hast einen geilen Arsch!" Milla schlug ihr sanft auf die prallen Pobacken. Sie wusste, dass es ihr gefiel. Zärtlich packte sie sie am Becken und rieb ihren Schwanz an ihrer nassen Möse, ohne jedoch in sie einzudringen. Sie ließ sich immer besonders viel Zeit, um Gisele dadurch richtig aufzuheizen. Erst wenn Gisele ihren Lustsaft verspritzte, stieß sie ihr den Gummischwanz in ihr enges Loch.

„Fick mich endlich!", bettelte Gisele, die es kaum noch erwarten konnte, von ihr gefickt zu werden. Sobald sie an Millas Möse geleckt hatte, war sie nicht mehr zu bremsen, ihre Erregung stieg ins Unermessliche und sie verlangte nur noch nach einer Befriedigung. Sie sehnte sich nach einem Höhepunkt, dem i-Tüpfelchen ihrer grenzenlosen Lust.

Bevor sie jedoch ihre Bitte ein zweites Mal äußern konnte, drang Milla mit dem Gummischwanz tief in sie ein und begann sich langsam in ihr zu bewegen, um sie an die Dicke des Schwanzes zu gewöhnen. Immer schneller bewegte sie sich nun vor und zurück,

76

zog den Schwanz bis zur Eichel heraus, nur um ihn dann noch tiefer wieder in sie einzuführen. Sie hörte an Giseles lautem Stöhnen, wie sehr es ihr gefiel, von ihr gefickt zu werden. Mit der Hand berührte sie gleichzeitig ihren Venushügel und massierte ihn im Rhythmus ihrer Stöße. Als Gisele kam, hörte sie nicht auf, den Gummischwanz vor und zurückzubewegen. Sie rieb kräftig an Giseles Möse weiter, um ihr einen zweiten Orgasmus, der noch viel intensiver sein sollte, zu bescheren. Es dauerte beim zweiten Mal zwar etwas länger, doch auch diesmal kam Gisele laut stöhnend. Dieses Spiel spielte sie genau drei Mal mit ihr. Beim dritten Mal war Giseles Möse schon so überreizt, dass sie nicht mehr zum Orgasmus kommen wollte, obwohl sie sich so sehr nach dieser Befriedigung sehnte.

„Ich kann nicht mehr kommen.", stöhnte sie erschöpft und kreiste ihr Becken immer schneller, um den erhofften befriedigenden Orgasmus doch noch zu erhalten. Doch es passierte nichts.

Milla war geübt in solchen Dingen. Sie zog den Gummischwanz aus ihr heraus, beugte sich über ihr nasses Geschlecht und leckte ihr genüsslich über die Falten. Sie lutschte fest an Giseles Schamlippen und steckte gleichzeitig ihren Finger in Giseles Poloch. Zart umschlossen von ihrer süßen Rosette vögelte sie nun ihr süßes Arschloch, während sie mit der Zunge an ihrer überreizten Scham leckte. Und dann hörte sie es. Gisele stieß endlich den erlösenden Lustschrei aus. Sie kam tatsächlich ein drittes Mal, obwohl sie nicht mehr daran geglaubt hatte. Aber bei dieser Behandlung blieb ihr nichts anderes übrig. Milla war eine Meisterin auf diesem Gebiet.

Nun warf sich Milla auf den Rücken und spreizte die Beine. Es hatte sie schon einige Anstrengungen gekostet, die Favoritin all ihrer Kunden zum Orgasmus zu lecken. Ihre Zunge feuerte und war schon fast taub vom wilden Lecken, daher wollte sie sich jetzt noch einmal auf ganz spezielle Art und Weise dafür belohnen lassen. „Bist du jetzt befriedigt?", fragte sie atemlos.

„Total." Gisele schmiegte sich an Millas Brust und küsste zärtlich ihre harten Nippel.

„Dann leck mich jetzt zum Orgasmus. Und lass dir viel Zeit… ich bin ein Genießer, wie du weißt." Milla spreizte ihre Beine, so weit sie konnte. Als sie Giseles Zunge auf ihren Schamlippen spürte, schloss sie die Augen und ließ ihr Becken kreisen. „Ja… das machst du gut… leck härter… o ja… nicht aufhören." Sie packte Gisele zärtlich am Haar und drückte ihr Gesicht fest gegen ihre Scham. Sie fühlte Giseles Finger auf ihrer Spalte, fühlte, wie sie langsam in sie eindrang. „Und jetzt noch mit der Zunge!", stöhnte sie leise. Und nun spürte sie Giseles geschickte Zunge auf ihren Schamlippen. Gisele lutschte daran wie an einem Bonbon.

Milla genoss es in vollen Zügen, von ihr gevögelt zu werden. So zärtlich konnte kein Schwanz zu ihrer Möse sein, das war ihr klar.

Deshalb genoss sie es sehr, für ihre Liebesdienste ein zweites Mal entlohnt zu werden.

■■■

2 Tage später…

Gisele war nervös. Sie saß im Vorzimmer des Star-Fotografen Hugo Delon. Wer von ihm fotografiert wurde, landete früher oder später auf der Titelseite der *Vogue,* hieß es. Und wenn das passierte, standen einem alle Türen offen. Gisele wünschte sich nichts mehr, als ihr Gesicht dort bewundern zu können. Als sie heute Morgen dann diesen überraschenden Anruf ihrer Agentur erhalten hatte, bei dem man ihr diesen wichtigen Termin mitgeteilt hatte, war sie überglücklich gewesen. Sie hatte sofort versucht, Milla auf dem Handy zu erreichen, um ihr diese tolle Botschaft zu überbringen, doch Millas Handy war aus. Gisele war klar gewesen, was das zu bedeuten hatte: Sie war mal wieder mit einem ihrer Freier beschäftigt. Also würde sie ihr frühestens heute Abend von dieser tollen Neuigkeit erzählen können. Gisele war zwar nicht glücklich darüber, Milla mit anderen Frauen und Männern teilen zu müssen, aber sie kannte ihren *Beruf*, wusste also, wie Milla dazu stand, und sie hatte sich letztendlich damit abgefunden, nachdem ihr sowieso nichts anderes übrig blieb. Sie konnte Milla leider nicht so viel bezahlen, um sie ganz für sich alleine zu beanspruchen, aber möglicherweise würde sie ja durch dieses Foto-Shooting bald zu so viel Geld kommen. Und sie gab die Hoffnung nicht auf, eines Tages doch noch ein erfolgreiches Top-Model zu werden. Und der erste Schritt Richtung *Vogue* war getan. Das hier würde ihr weitaus mehr Vorteile bringen und verborgene Türen zu Ruhm und Reichtum öffnen, als irgendetwas anderes in ihrem Leben. Davon war sie fest überzeugt. Und dann wurde sie abrupt aus ihren Gedanken gerissen.

„Kommen Sie bitte!" Alain, der persönliche Assistent des Star-Fotografen, bat Gisele, ihm zu folgen.

Gisele folgte Alain ins Fotostudio. Sie war sichtlich nervös. *Hoffentlich mache ich jetzt nichts falsch…*, schoss es ihr permanent durch den Kopf.

Hugo Delon sah ein bisschen älter und grauhaariger aus als auf den Fotos in den Zeitschriften. Da sah man mal wieder ganz deutlich, dass sie retuschiert wurden. Gisele hatte wirklich jeden Zeitungsschnipsel über ihn aufgehoben. Alle Frauen, deren makellose Gesichter und schöne Körper er mit seiner Linse verewigt hatte, waren später zu berühmten Top-Models aufgestiegen. Die Fotos dieser Frauen hatte sie sich sorgfältig in ein Album geklebt, das sie von Zeit zu Zeit betrachtete, wenn sie wieder mal am Träumen war.

Hugo ging geradewegs auf Gisele zu und begrüßte sie, indem er ihr mit beiden Händen sanft durchs Haar fuhr. „Perfektes Haar! Kräftig und voll, genauso habe ich mir das auch vorgestellt.", sagte er und schickte Alain hinaus, um mit ihr alleine zu sein. Er hatte sie schon oft im *Playboy* bewundert und sich nichts sehnlicher gewünscht, als sie eines Tages vor die Linse zu bekommen. Als er dann vor ein paar Tagen von seinem Auftraggeber gebeten worden war, mit Gisele Refaeli Kontakt aufzunehmen, um ein heimliches Treffen auf seinem Anwesen außerhalb der Stadt zu arrangieren, hatte er die Gelegenheit gleich beim Schopf gepackt, vorher noch ein ausgefallenes Foto-Shooting mit dieser Sexbombe zu machen. Dieser Auftrag kam ihm daher sehr gelegen. Hugo wusste genau, dass ein Gesicht, egal wie schön es auch war, die Titelseite der *Vogue* niemals schmücken würde, wenn es vorher den *Playboy* geziert hatte. Es gab gewisse Regeln in dieser Branche, die man einfach befolgen musste. Und posieren für die Erotik-Branche passte nicht in die trügerische Welt der Reichen und der Schönen, auch wenn sie hinter verschlossenen Türen schmutzigere Dinge trieben, als es Gisele je für möglich gehalten hätte. Und Hugos Nebengeschäft als Vermittler *williger Sklavinnen*, wie er diese weiblichen Geschöpfe selbst bei solchen Geschäftsabschlüssen immer bevorzugt nannte, brachte ihm viel Geld ein. All die Schönheiten, die verzweifelt zu ihm kamen, konnte er für einen hohen Preis an all diejenigen weitervermieten, die ihre sexuellen Fantasien schon immer mal mit einer solchen Schönheit ausleben wollten und das nötige Kleingeld dazu hatten. Und die Frauen, die zu Hugo kamen, machten es ihm nicht besonders schwer. Sie willigten immer ohne Widerrede ein, denn er hatte ihnen nur zu deutlich gemacht, dass er ihre Träume wie eine Seifenblase zerplatzen lassen würde, würden sie sich dagegen sträuben. Der Geist war willig, doch das Fleisch war schwach. Und davon profitierte er. Und Gisele hatte keine andere Wahl. Sie musste mitspielen.

Gisele war ein bisschen irritiert, so in Empfang genommen worden zu sein, denn in ihre Haare hatte eigentlich noch niemand so unvermittelt während eines Casting-Termins gefasst.

„Gut, Gisele. Dir ist klar, wieso du hier bist?", fragte er hinterlistig.

Gisele nickte. Sie dachte nur daran, in diesem entscheidenden Moment nichts falsch zu machen.

„Gut. Dann zieh dich jetzt aus. Ich brauche ein paar Nacktfotos von dir."

Giseles Herzschlag stieg rasant an. Darauf war sie gar nicht vorbereitet gewesen. „Wir machen Nacktfotos?", piepste sie gerade noch so heraus.

„Ist das ein Problem für dich?", fragte Hugo beiläufig, während er die Lichter der Scheinwerfer richtig einstellte.

„Nein.", erwiderte sie sofort.

„Gut. Dann hätten wir das ja jetzt geklärt."

Gisele zog sich ihr Kleid aus, das sie sich extra für diesen Anlass heute Vormittag noch schnell besorgt hatte. Darunter trug sie einen weißen Slip. Den ließ sie vorsichtshalber mal an und trat vor seine Kamera. Die Scheinwerfer strahlten sie an.

„Den Slip runter.", hörte sie ihn sagen.

Na gut, da musst du jetzt durch…, dachte sie und zog den Slip aus.

„Gut. Setz dich auf den Schemel dort und spreiz die Beine."

Gisele setzte sich und spreizte die Beine. Sie kam sich schäbig vor.

„Weiter. Ich will deine Fotze fotografieren."

Gisele erschrak und zog ihre Beine automatisch wieder zusammen. Sie sah gegen das Licht.

Und dann stand er plötzlich vor ihr. „Gisele, willst du jetzt, dass ich die Fotos von dir mache oder nicht?"

Sie nickte nur.

„Gut. Dann musst du deine verdammten Beinchen spreizen, sonst kann ich deine Fotze nicht fotografieren."

Gisele musste schlucken.

Huge kniete sich auf den Boden und packte sie an den Knien. Langsam zog er ihre Beine auseinander. „Na, siehst du, das geht doch." Und dann gab es ein Blitzlichtgewitter. Er machte unzählige Fotografien von ihrem Geschlecht.

„So, und jetzt dreh dich um und zeig mir deinen Arsch, damit ich von diesem Prachtexemplar auch noch ein paar schöne Fotos machen kann."

Gisele drehte sich auf dem Stuhl und zeigte ihm ihren Hintern. Sie hoffte, dass dieses Foto-Shooting, bei dem sie sich so unwohl fühlte wie schon lange nicht mehr, bald vorbei wäre.

„Stell dich lieber hin und bück dich über den Stuhl. Die Pose gefällt mir, glaube ich, besser."

Gisele folgte aufs Wort. Alles für die Karriere, alles für ihren Traum, redete sie sich Mut zu.

Sie hörte schon wieder das Blitzlichtgewitter. Und dann verstummte es plötzlich.

„Du willst doch berühmt werden, richtig?", hörte sie ihn mit rauer Stimme fragen.

„Ja.", sagte sie leise.

„Dann musst du mir aber eine Gegenleistung dafür geben. Bist du bereit, mir einen… sagen wir mal so, einen kleinen Gefallen zu tun, wenn ich dich dafür berühmt mache?"

„Ja." Giseles Kehle wurde trocken.

„Ich gebe dir nachher eine Adresse. Du gehst morgen Abend dort hin und tust alles, ich betone *alles*, was man dort von dir verlangt, ist das klar? Sie geben den Ton an und du gehorst."

„Was genau muss ich denn dort machen?", fragte sie leise.

„Das zeige ich dir gleich. Ich möchte aber vorher wissen, ob dir klar ist, dass ich für meine Bemühungen eine Gegenleistung von dir verlange?"

Sie nickte.

„Gut. Dann zeige ich dir jetzt, was dich dort erwarten wird."

Ehe es sich Gisele versah, fühlte sie seine Zunge auf ihrem Geschlecht. Sie wagte nicht, sich zu rühren, während er an ihren Schamlippen lutschte. *O Gott, jetzt bin ich selbst eine Hure, eine Hure so wie Milla*, dachte sie, während sie von Hugo geleckt wurde. Wie erstarrt hielt sie sich auf dem Stuhl fest.

Sie fühlte, wie er ihr mit seiner rauen Zunge fest über die Falten rieb. Und dann hörte sie das plötzliche Aufschlagen der Tür.

Hugo erhob sich hastig und drehte sich um.

Alain kam hereingestürmt und überbrachte ihm eine wichtige Botschaft. Hugo las sie. „Ruf sofort dort an und sag, ich bin in zwanzig Minuten da." Sein Assistent verließ eilig den Raum.

Hugo wandte sich nochmals Gisele zu und bückte sich zu ihr herunter, die immer noch wie erstarrt über dem Stuhl hing und sich nicht bewegte. Ein letztes Mal leckte er ihr über ihr Geschlecht und lutschte an ihren Schamlippen. Dann erhob er sich wieder. „Wir müssen unser Foto-Shooting leider verschieben, obwohl ich liebend gern noch meinen Schwanz in deine leckere Möse geschoben hätte, aber... dringende Geschäfte rufen nun mal. Hier, das ist die Adresse." Er reichte ihr eine Visitenkarte. „Du bist morgen um Punkt acht Uhr dort. Du lässt dich ficken, lecken, und bedienst die Herrschaften mit deiner süßen, leckeren Fotze und deinem kleinen, niedlichen Arsch. Und wenn ich Beschwerden höre, dann bin ich sehr verärgert, das sag ich dir gleich von vornherein. Also, enttäusch mich nicht, sonst sehe ich für deine weitere Zukunft als Model schwarz. Verstanden?"

Gisele nickte und nahm das Visitenkärtchen entgegen.

„Ich sehe, wir verstehen uns. Keine Angst, Süße, es wird dir gefallen, ich bin mir ganz sicher. Diese Leute sind nett, wenn man ihnen gehorcht... und übrigens, es hat noch jeder gefallen, die dort war. Und denk daran, welche Türen ich dir öffnen kann, wenn du kooperierst."

Sie nickte nur. Schnell zog sie sich ihre Sachen wieder an und verließ mit Hugo das Studio.

■■■

Am selben Abend...

Gisele sprang auf, als es klingelte. Sie eilte zur Tür und ließ Milla herein.

„Was ist denn?", fragte Milla ahnungslos, die sofort bemerkt hatte, dass mit Gisele etwas nicht stimmte. Und dann erfuhr sie alles.

„Was soll ich jetzt nur machen? Was, wenn ich dort mit einem Mann schlafen muss? O Gott, du weißt, dass ich das nicht kann!" Gisele war ziemlich aufgebracht und lief im Wohnzimmer auf und ab.

„Der Job ist dir wichtig, oder?", fragte Milla.

Sie nickte.

„Hör zu, ich habe da eine Idee. Ich gehe morgen früh zu Tatjana, lasse mir die Haare blond färben und ein Pony schneiden. Mit dem richtigen Make-up sehe ich dir dann sogar ziemlich ähnlich. Wir haben beide dieselbe Figur, so dass niemand von diesen Ärschen merken wird, dass *nicht* Gisele Refaeli, sondern *Milla Malkovich* vor ihnen steht. Du weißt ganz genau, dass die Fotografien immer retuschiert werden und glaube es mir, ich habe schon Bilder von dir gesehen, auf denen ich dich in Natura niemals erkannt hätte."

Gisele sah sie mit großen Augen an. „Du willst das wirklich für mich machen?"

„Na klar." Milla ging auf sie zu und umarmte sie zärtlich. Sie wusste, dass es Gisele nicht ertragen hätte, sich einem Mann oder gleich mehreren Männern gleichzeitig zu unterwerfen. Sex mit dem anderen Geschlecht war für sie schlichtweg undenkbar. Milla machte das nichts aus. Schließlich gehörte das zu ihrem Job, und sie war schon mehrmals auf Orgien oder Gang-Bang-Partys eingeladen gewesen. Gisele war im Gegensatz zu ihr ein richtiges Lamm. Da Gisele aber immer so großzügig zu ihr war, sie oft mit teurem Schmuck beschenkte oder sie regelmäßig zum Essen einlud, fühlte sie sich verpflichtet, ihr aus dieser kleinen Misere herauszuhelfen. „Keine Angst, meine Süße, ich lasse nicht zu, dass dich irgendwelche Männer ficken." Zärtlich küsste sie sie auf die Lippen.

Und dann zerrte sie Gisele liebevoll ins Schlafzimmer, um es ihr mit ihrem Gummischwanz so richtig gut zu besorgen wie ein Mann.

■■■

Erste Begegnung mit Pascal Zola…

Pascal Zola war einer der reichsten Modezaren in Europa.

Er sammelte unter anderem jede Art von Antiquitäten, teure Designer-Uhren, vor allem aber schöne Frauen, die er sich unterwarf und zu Gehorsam erzog. Die Frauen, die er auserwählt hatte, beschenkte er mit schönen Kleidern und teurem Schmuck. Sie verpflichteten sich im Gegenzug dazu, seine Lustsklavinnen auf Zeit zu werden und auf Abruf bereitzustehen. Wenn er nach ihnen schicken ließ, mussten sie ihm so lange als Lustsklavinnen dienen, bis er sie wieder entließ. Auf den Orgien, die er auf seinem Anwesen immer nur bei Vollmond veranstaltete, begleiteten sie ihn wie manch einen anderen Mann seine Hunde. Sie gehorchten uneingeschränkt und dafür gab er ihnen das berauschende Gefühl der Hingabe. Wenn er sie allein ficken wollte, durfte sich ihnen kein anderer Mann nähern. Nur wenn er sie in dieser Nacht freigab, durften seine Gäste in den Genuss ihrer Liebesdienste kommen. Pascal Zola war ein launischer Mann. Es war schwer abzuschätzen, wie er sich mit seinen Frauen auf diesen Orgien verhielt. Doch Missmut entstand nie, da genügend Frauen anwesend waren, die sich uneingeschränkt um das sexuelle Wohlergehen seiner Gäste kümmerten. Diese Frauen beschäftigte er als seine Dienerinnen. Eine Dienerin kam niemals in den Genuss, von ihm gefickt zu werden. Nur wenn sie sich zu seiner Lustsklavin hocharbeiten konnte, machte sie Bekanntschaft mit seinem stählernen Schwanz und seinen extravaganten Sexleidenschaften. Bisher hatte es nur eine Dienerin geschafft, seine Lustsklavin zu werden, denn Pascal Zola suchte sich seine Lustsklavinnen grundsätzlich nach dem gleichen Schema aus: gefiel ihm ein Top-Model oder ein Playboy-Girl, dann hatte er sie auf seine Wunschliste gesetzt. Je nachdem, wann er diese Frauen dann züchtigen wollte, hatte er sich mit Hugo Delon in Verbindung gesetzt, der grundsätzlich die ersten Treffen arrangierte. Bei solchen Treffen waren dann immer sechs seiner Lustsklavinnen anwesend, die die Neue in das Liebesspiel einwiesen, ihr zeigten, was ihm gefiel, und wie sie sich zu verhalten hatte. Das war sozusagen der erste Test, ob die Frau, die er sich

85

ausgesucht hatte, seinen sexuellen Ansprüchen gerecht würde, seine Bedürfnisse auf den ersten Blick erkannte und ihm seine Wünsche von den Lippen ablesen konnte. Schlichtweg war es ihm wichtig, ob sie es schaffte, ihn überhaupt ausreichend befriedigen zu können, denn seine Sexgier war grenzenlos. Denn allein ein schönes Gesicht und ein schöner Körper reichten nicht aus, um seine Lustsklavin zu werden. Und Gisele Refaeli stand schon seit geraumer Zeit auf seiner Wunschliste.

Am heutigen Abend würde sich entscheiden, ob sie seine Lustsklavin werden würde. Und für diese erste sexuelle Begegnung hatte er Alison, das Vollweib, Emanuelle, die Nymphomanin, Estelle, Jasmine und Zoé, die drei sexbesessenen Schönheiten und die bezaubernde Vénus, die alle in den Schatten stellte, zu sich bestellt. Alle sechs Sklavinnen warteten im roten Salon auf die Neue. Bekleidet waren sie lediglich mit weißen Rüschchenschürzen und dazu passenden weißen Strapsen. Ihre rasierten Mösen mussten für Pascal Zola jederzeit ohne große Mühe zugänglich sein. Wann immer es ihn danach verlangte, musste er sie anfassen können, ohne ihnen erst den lästigen Slip auszuziehen. Daher hatte er sich als *Dienstbekleidung* auch diese Schürzchen einfallen lassen. So konnten sie sich jederzeit und überall in der Villa demütig vorbeugen, wenn er sie von hinten wie ihr Herr besteigen wollte. Das war nun mal der Preis für all diesen Luxus, den er ihnen dafür bot. Und es bereitete ihm ein höllisches, sexuelles Vergnügen, seine Sklavinnen über den Tisch gebeut zu ficken, um seinen Geschäftspartnern zu demonstrieren, wie sehr er sie beherrschte. War er an solchen Tagen gut gelaunt, reichte er die Sklavin weiter und sie musste seine Geschäftspartner ebenso gut bedienen wie ihn. Sie derart zu demütigen, bereitete ihm fast eine weitaus größere sexuelle Erfüllung.

Pascal sah ein letztes Mal in den Spiegel, fuhr sich mit den Händen durch sein schwarzes Haar, dann verließ er das Bad. Sein Penis zuckte schon ungeduldig in seiner Hose, als er den roten

Salon betrat und von seinen Sklavinnen, die bildlich gesehen wie Göttinnen aussahen, liebevoll empfangen wurde. Alle scharrten sich um ihn und bettelten um seine männliche Gunst.

„Kusch!", verscheuchte er sie liebevoll. „Setzt euch dort drüben hin und wartet auf mein Zeichen." Er zeigte auf die großen Canapés, die um einen kleinen, runden Tisch aufgestellt waren.

Seine Lustsklavinnen gehorchten aufs Wort und platzierten sich gebührend auf diesen weichen Sitzen, immerzu darauf bedacht, Pascal einen Blick auf ihre bloße Scham und ihre prallen Brüste zu gewähren. Sie lachten und tuschelten leise miteinander.

Und dann ging die Tür zum Salon auf und eine Dienerin führte Milla herein.

■■■

Milla war schon die ganze Zeit über, als sie der Dienerin hinterhergelaufen war, von diesem immensen Luxus überwältigt, der in dieser Villa so prunkvoll zur Schau gestellt wurde. Egal, wohin sie sah, überall entdeckte sie kleine Schätze. Von protzigen Möbeln bis hin zu teuren Gemälden gab es alles. Und Milla hatte ein Auge dafür. Gerade weil sie nicht reich war, träumte sie von dieser Art von Reichtum. Begegnet war sie einem derart reichen Freier aber noch nie. Doch es faszinierte sie sehr, von diesem Luxus umgeben zu sein.

Nun stand sie in einem prunkvollen Salon, dessen Wände mit roter Farbe gestrichen und dessen Sitzgarnitur mit rotem Stoff überzogen waren. An der Decke hing ein großer Kronleuchter, und die Wände schmückten gewaltige Spiegel, die in Goldrahmen gefasst waren. Ein Mann mittleren Alters ging auf sie zu. Er war sehr elegant gekleidet.

„Du bist noch schöner als auf den Fotos, Gisele.", sagte er und griff nach ihrer Hand. „Hat man dir gesagt, wieso du hier bist?"

Milla nickte.

„Du bist nicht sehr gesprächig, nicht wahr?", bemerkte er lächelnd.

„Nur ein bisschen nervös.", log sie. Sie hatte nie die nötige Lust dazu, großartige Reden zu schwingen, wenn sie ihrem Job nachging. Um aber ihre Kundschaft nicht zu verletzen, bediente sie sich immer wieder dieser Ausrede.

„Du brauchst nicht nervös zu sein, Gisele, nur gehorsam. Das erwarte ich von dir. Hat man dir das auch nahegelegt?"

Milla nickte abermals.

„Nun gut, das wird sich noch zeigen." Pascal führte Milla in die Mitte des Raumes und befahl ihr, dort stehen zu bleiben. Anschließend setzte er sich in den Sessel, der ein paar Meter entfernt von ihr stand. Er schnippte nun mit seinen Fingern.

Das war das Zeichen für seine Sklavinnen. Sie erhoben sich rasch und tänzelten wie kleine Ballerinas auf Milla zu. Als sie bei ihr standen, berührten sie ihre Brüste, ihre Schenkel, ihr Haar und ihr schönes Gesicht. Alison zog Millas Träger von den Schultern, so dass ihr Kleid an ihrem Körper entlang zu Boden glitt. Zoé kniete sich vor ihr auf den Boden und zog ihr mit den Zähnen den Slip herunter. Sie versäumte es nicht, Milla mit der Zunge liebevoll über die Scham zu lecken. Emanuelle knetete mit ihren zierlichen Händen an Millas prallen Brüsten, zwirbelte mit den Fingern an ihren harten Nippeln und leckte zärtlich mit der Zunge über das zarte Fleisch. Estelle küsste sie leidenschaftlich, während sie mit dem Finger ihre Spalte erforschte. Jasmine kümmerte sich liebevoll um Millas süße Arschbacken, zog sie sanft auseinander und spielte mit dem Zeigefinger an ihrer Rosette. Sie liebte es, sich um die süßen Ärsche der Frauen zu kümmern. Und Vénus legte ihr derweil eine Schürze um und streifte ihr Strapse über.

Pascal beobachtete das Schauspiel seiner Frauen. Es erregte ihn immer sehr, wenn seine Sklavinnen die Neue darauf vorbereiteten, und sie dementsprechend gebührend kleideten. Er fühlte, dass es seinem steifen Glied zu eng in der Hose wurde. Er befreite es mit nur einem einzigen Handgriff. Fest rieb er an seinem Penis, während er die sieben geilen Göttinnen beobachtete.

Nachdem Milla ihr Schürzchen um hatte und nun schöne, weiße Strapse trug, sprangen die Frauen wie Gazellen zurück zu ihren Canapés und ließen sich darauf nieder.

Das war das Zeichen für Pascal. Er ging direkt auf Milla zu und fuhr ihr zärtlich mit der Hand durchs Haar. Sanft strich er ihr eine Strähne aus dem Gesicht. Dabei berührte er für einen kurzen Moment ihre vollen Lippen. Diese Berührungen ließen sie erzittern. Er hatte irgendetwas Animalisches an sich, schoss es ihr durch den Kopf. So wie er sie ansah, fordernd, hungrig, lüstern, ließ er allein durch seinen durchdringenden Blick ihren ganzen Körper erzittern. Und seine Stimme hatte einen ganz besonders verführerischen Klang. Sie war rau vor Begehren und doch einfühlsam. Er verstand es, mit Frauen umzugehen, ihre Schwächen zu erkennen, um sie richtig beherrschen zu können. „Geh auf die Knie und blas mir einen! Zeig mir, wie gut dein süßer Mund meinen Schwanz verwöhnen kann.", hauchte er ihr leise ins Ohr.

Milla warf sich auf die Knie und packte seinen erigierten Penis mit der rechten Hand. Er fühlte sich wunderbar hart an. Er war groß und dick. Genauso liebte sie die Schwänze. Sanft leckte sie mit der Zunge über seine Eichel. Sie öffnete ihren Mund, so weit es ging, und nahm seinen ganzen Penis in sich auf. Mit der Hand massierte sie seine Hoden, während sie kraftvoll mit ihren Lippen an seiner Vorhaut rieb. Sie hörte ihn stöhnen, also wusste sie, dass ihm ihre Technik gefiel. Zärtlich rieb sie seinen Schwanz mit ihrer Zunge bis zum Schaft. Sie nahm ihn vollständig in sich auf.

Pascal fühlte seinen Höhepunkt herannahen und entriss sich liebevoll Millas Behandlung. „Komm!", sagte er und zog sie zu sich hoch. Er führte sie zum runden Tisch und befahl ihr, sich darüber zu legen. „Spreiz deine Beine!", sagte er mit rauer Stimme. Ihm war noch immer schwummerig von ihren zarten Lippen. Doch nun wollte er sie ficken! Sehen, wie sie sich anfühlte. „Leck meinen Sklavinnen die Fotzen, Gisele. Du sollst sie nicht nur sehen und fühlen können, du sollst sie auch schmecken können. Jede von ihnen hat einen ganz besonderen Duft. Ihre Mösen sind lecker, das weiß ich, aber du sollst mir sagen, welche von den sechs dir am besten geschmeckt hat. Denn diejenige, die du dir aussuchst, wird dich unterweisen und dir beibringen, mir gegenüber gehorsam und demütig zu sein. Sie wird auch die Bestrafungen an dir vornehmen, wenn ich sie für erforderlich erachte. Denn du musst wissen, dass ich mich daran ergötze, ihr dabei zuzusehen. Wenn du bereit bist, meine Sklavin zu werden, werde ich dir alle Türen zu Ruhm und Reichtum öffnen. Im Gegenzug erwarte ich Gehorsam und Demut. Gehst du das Geschäft mit mir ein?"

Milla nickte.

„Gut. Das Sprechen werde ich dir schon noch beibringen.", sagte er lächelnd und drang langsam in sie ein. Milla fühlte seinen stählernen Penis in sich, fühlte, wie er sich langsam in ihr zu bewegen begann. Er hatte ein großes Glied, es bereitete ihr große Lust, und sie kreiste automatisch ihr Becken im Rhythmus seiner kraftvollen Stöße. Während sie auf dem Tisch von Pascal gefickt wurde, zog Alison das Canapé näher zum Tisch heran und spreizte vor Milla ihre Beine. Milla war nur noch einige Zentimeter von ihrem Geschlecht entfernt. Sie roch ihren Duft, roch ihre Geilheit, sah, wie ihr Saft ihre Schamlippen tränkte. Alison rutschte noch näher mit ihrem Unterleib heran, bis sie Millas Atem auf ihrer Möse fühlen konnte. Und dann spürte sie Millas geschickte Zunge auf ihren Schamlippen. Sie lutschte an ihnen wie an einem Bombon. Alison war so scharf, dass sie sich gleichzeitig einen Finger in ihr enges Poloch schob, um ihre Geilheit zu intensivieren. Pascals Stöße waren so kraftvoll, dass Alison jedes Mal deutlich spürte, wenn Milla versuchte, die Intensität seiner Stöße mit dem Kopf aufzufangen. Sie tunkte regelrecht ihr Gesicht in ihr nasses Geschlecht. Alison war diejenige, die am schnellsten zum Höhepunkt kam. Daher machte sie schon innerhalb kürzester Zeit Emanuelle Platz, um ebenfalls in den Genuss von Millas köstlicher, flinker Zunge zu kommen.

Pascal spritzte erst ab, nachdem Milla all seine Sklavinnen gebührend zum Orgasmus geleckt hatte. Er musste seinen Höhepunkt so oft zurückhalten, dass er am Ende sogar kämpfen musste, um den befreienden Orgasmus endlich zu bekommen.

Für ihn stand nun fest, dass Gisele Refaeli den Test bestanden hatte und von nun an zu seinen Lustsklavinnen zählte. Er war sich sogar sehr sicher, dass es eine seiner demütigsten Sklavinnen werden würde. So wie er sie momentan einschätzte, machte sie auf ihn einen sehr willigen Eindruck. Und er war fasziniert von ihrer Begeisterung und ihrem Engagement mitzumachen. Er hatte sogar das Gefühl, dass er sich mit ihr ein ziemlich sexbesessenes Luder geangelt hatte. Ein Luder, das sich hinter einer schützenden Mauer verbarg, ohne sich nur annähernd dahinter verstecken zu können. Für ihn war das alles nur Fassade, denn in ihren vor Begierde glühenden Augen hatte er heißes Begehren erkannt, als sie vor ihm auf Knien gelegen war und mit einer berauschenden Hingabe seinen Schwanz geleckt hatte. Und genau darauf stand er: notgeile Frauen, die allzeit dazu bereit waren, ihre Beine für ihn breitzumachen, auch wenn sie zu Beginn in diese Rolle hineingepresst wurden.

Und Milla war zufrieden, dass niemand bemerkt hatte, dass es nicht Gisele war, die von ihnen gefickt wurde.

■■■

4 ½ Monate später…

Gisele Refaeli bekam die besten Angebote, zierte die Cover der berühmtesten Zeitschriften mit ihrem Gesicht, war das neue Gesicht für Coco Chanel und konnte sich vor Aufträgen kaum noch retten. Ihr Traum war in Erfüllung gegangen.

Milla sah sie in der Regel nur noch unter der Woche, weil sie am Wochenende grundsätzlich Pascal Zola dienen musste. Sie hatte sich jedoch damit abgefunden, Milla mit diesem Modezaren teilen zu

91

müssen. Schließlich profitierte sie davon und war Milla sehr dankbar dafür, diesen Deal mit ihr eingegangen zu sein. Und sie hatte das starke Gefühl, Milla holte das Beste aus dieser Situation heraus und hatte am Ende sogar noch Spaß dabei.

In den Vollmondnächten war Milla immer die Hauptattraktion jeder Orgie. Keine konnte ihr das Wasser reichen. Nicht einmal Vénus, die schwer damit zu kämpfen hatte, vom Thron gestoßen worden zu sein. Denn bevor Milla in ihr Leben getreten war, war sie Pascals Liebling gewesen. Er nahm sie überall hin mit, führte sie überall vor, fickte sie fast das ganze Wochenende lang, doch nun war es Milla, die in den Genuss all dieser Vorzüge kam. Er war richtig vernarrt in diese Frau. Sie sah, dass er förmlich litt, wenn andere Männer *seine Gisele Refaeli* fickten. Doch er labte sich auch an diesen Schmerzen, Lustschmerzen wie sie es heimlich nannte, denn nur deshalb ließ er es auch jedes Mal stillschweigend zu, beobachtete sie heimlich während des sexuellen Aktes mit seinen Partygästen, sah dabei in ihr verruchtes Gesicht, bewunderte in gewisser Weise ihre Geilheit, ihre grenzenlose Wollust, sich diesen Männern und Frauen lustvoll hinzugeben. Aber danach ließ er sie jedes Mal hart mit der Peitsche bestrafen. So sehr litt er darunter, weil Milla es nicht aus Demut tat, sondern aus Sexgier, aus Spaß, aus reinem Vergnügen. Noch niemals war eine seiner Lustsklavinnen so sexbesessen gewesen wie sie.

Er litt grenzenlos.

Und genau deshalb begann Vénus, Milla langsam zu hassen. Also engagierte sie einen Privatdetektiv, der herausfinden sollte, ob es in Millas Vergangenheit irgendetwas gab, das sie in Ungnade stürzen könnte. Die Nachricht, die ihr der Detektiv überbracht hatte, war grandios: Milla war *nicht* Gisele Refaeli, sondern eine billige Dirne, die ihr Geld vorher durch Prostitution auf dem Straßenstrich verdient hatte.

Und genau diese Neuigkeit wollte sie Pascal Zola unter die Nase reiben, bevor er seinen kleinen Liebling auf der nächsten Orgie wieder zum Besteigen freigab.

Sie war sich sicher, er würde sie verstoßen!

■■■

Die Orgie in einer Vollmondnacht…

Milla hatte am Morgen noch schnell Gisele zum Höhepunkt geleckt, bevor sie ihre Koffer fürs Wochenende gepackt hatte. Gisele hatte sie gebeten, mal ein ganzes Wochenende mit ihr zu verbringen, da sie sich immer so allein fühlte, und Milla hatte ihr versprochen, mit Pascal darüber zu reden, ob sie mal Urlaub machen dürfe. Sie hatte sehr schnell bemerkt, dass sie zu seinem Liebling aufgestiegen war, und dass er ihr aus der Hand fraß, obwohl er soviel Wert darauf legte, sie zu Gehorsam und zu Demut zu erziehen. Sie spielte ihre Rolle gut, doch schon lange wusste sie, dass sie die Zügel fest in der Hand hielt. Sie hob sich nicht nur optisch, sondern auch geistig von den anderen Sklavinnen ab. Sie diente ihm zwar hingebungsvoll, dennoch setzte sie immer wieder geschickt ihren Willen durch. Sie beherrschte es perfekt, sich von ihm beherrschen zu lassen, ohne all zu oft Bestrafungen über sich ergehen lassen zu müssen. Sie genoss es sichtlich.

Gegen Nachmittag traf sie auf dem Anwesen von Zola ein. Die Gäste für die heutige Orgie fanden sich schon langsam auf dem Gut ein. Den ganzen Tag lang fuhren schon große Limousinen vor.

Milla betrat das Gebäude. Manche Gäste konnten sich nicht beherrschen und bis zum Abend warten, um ihre aufgestauten Gelüste loszuwerden. Links und rechts vom Eingang waren die einladenden Canapés besetzt, auf welchen Zolas Dienerinnen lagen und den Gästen ihre Ärsche zur Verfügung stellten. Sonja, eine Dienerin, mit der sie sich angefreundet hatte, ließ sich gerade von einem Multimilliardär ficken, der die Ölrechte in Russland an sich gerissen hatte. Tief schob er ihr seinen Schwanz in die Möse, kraftvoll bewegte er sich in ihr vor und zurück, und Sonja stöhnte dabei sehr laut. Man sah ihr im Gesicht an, dass er gut stoßen konnte, dass er sie lustvoll zum Schreien brachte. Sonja war ähnlich wie sie selbst veranlagt. Immer bereit, einem Mann lustvoll mit ihrem Körper zu dienen und auch tatsächlich Lust dabei zu empfinden.

Milla ging an den wollüstigen Männern und Frauen vorbei und lief eilig die Treppe hinauf. Sie freute sich schon sehr, Pascal mit einem Mundkuss auf seinem Schwanz begrüßen zu dürfen. Ohne es sich eingestehen zu wollen, hatte sie mehr Gefallen an ihm gefunden, als sie es zu Anfang beabsichtigt hatte, und ohne es zu merken, hatten sich tiefe Gefühle in ihr für ihn entwickelt. Als sie vor seiner Schlafzimmertür stand, klopfte sie leise an. Sie verwendete das vereinbarte Klopfzeichen, damit er sofort wusste, welche seiner Sklavinnen sich Zutritt verschaffen wollte.

■■■

Eine Viertelstunde vorher…

Pascal bemerkte es nicht sofort, deshalb wusste er nicht genau, wie lange der Umschlag schon auf dem Boden lag. Ohne es bemerkt zu haben, hatte ihm jemand diesen Umschlag unter der Tür durchgeschoben. Natürlich war ihm klar, dass es entweder eine von seinen Lustsklavinnen oder aber eine von seinen Bediensteten gewesen sein musste. Ansonsten hatte niemand die Möglichkeit, sich unerlaubt Zutritt in seine Villa zu verschaffen. Er wusste, dass diese Person nicht erkannt werden wollte, um sich nicht seinen Zorn zuzuziehen. Eines wusste er aber genau: es war *nicht* Gisele Refaeli, die ihm diese Nachricht heimlich zugeschoben hatte.

Er hielt die beiden Fotografien immer noch in der Hand. Auf einer war Gisele Refaeli abgebildet, der er noch niemals persönlich begegnet war, auf der anderen Milla Malkovich, die er die ganze Zeit über für Gisele Refaeli gehalten hatte.

94

Pascal war maßlos wütend. Doch er war nicht wütend auf Milla, nein, er war wütend auf diejenige, die ihm diesen Umschlag unter der Tür durchgeschoben hatte.

Was erwartete sie jetzt von ihm? Sollte er Milla den Laufpass geben, nur weil sie nicht diejenige war, für die er sie gehalten hatte? Und wieso hatte sie sich für die Falsche ausgegeben? Wollte er das überhaupt alles wissen?

Er lief im Zimmer auf und ab, fuhr sich mit den Händen durchs Haar, sah immer wieder aus dem Fenster hinaus und lief wie ein wildes Tier im Zimmer umher. Er wartete auf sie. Sehnsüchtigst.

Wieso besaß sie nur so viel Macht über ihn? Er wusste es nicht. Keine einzige Frau hatte es jemals geschafft, ihn so aus der Fassung zu bringen. Er fühlte das erste Mal Eifersucht, erkannte, was dieses kleine Wort bedeutete, erfuhr am eigenen Leib, wie schmerzlich es sein konnte. Wieso war er nur so eifersüchtig, wenn ein anderer Mann sich holte, was sie ihm ebenfalls gab, ihm geben musste? Das hatte ihn doch sonst auch noch nie gestört. Gestern hatte er den Schmerz am intensivsten gefühlt, als Baron Chevallier seine Gisele von hinten gefickt hatte. Wie eine läufige Hündin hatte sie sich bewegt, ihm ihren Arsch fest gegen seine Lenden gepresst, laut gestöhnt, als er sie geleckt hatte. Er konnte diesen Anblick kaum ertragen. Da war ihm erst so richtig bewusst geworden, wie sehr er darunter litt, sie teilen zu müssen, obwohl sie doch eigentlich sein Eigentum war, und es in seiner Macht stand zu entscheiden, wen sie ficken durfte und wen nicht.

„Und wenn schon! Dann ist sie eben *nicht* Gisele… wer ist schon diese Gisele Refaeli?! Ohne mich sowieso ein Nichts… ein Niemand!", murmelte er leise vor sich hin.

Pascal war sich sicher, dass es einen guten Grund gab, wieso sie ihn angelogen hatte. Möglicherweise stand die echte Gisele nicht auf Sex. Möglicherweise hatte aber die falsche Gisele die echte Gisele gebeten, ihren Platz einnehmen zu dürfen, um in den Genuss seiner Liebeskünste zu gelangen. *Möglich wäre es ja…,* dachte er.

Sich einzureden, Milla könnte mehr für ihn empfinden als nur die übliche Demut einer Sklavin, war ein schöner Gedanke für ihn, obwohl er ganz genau wusste, dass dies mit Sicherheit nicht der wahre Grund war. Am Ende kam er zu dem Entschluss, dieses Geheimnis vorerst für sich zu behalten. Zumindest bis nach dieser Vollmondnacht.

Und dann erkannte er ihr Klopfzeichen.

Er versteckte die Fotos in der Schublade seines Schreibtisches und ging zur Tür, um sie hereinzulassen.

Milla war sofort aufgefallen, dass er sich ihr gegenüber seltsam verhielt. Weder küsste er sie, noch fingerte er an ihrer Möse herum. Und das tat er immer, bevor er sie zwang, sich vor ihm niederzuknien, seinen Schwanz aus seiner Hose zu befreien und ihn mit ihren Lippen zu verwöhnen. Von all dem tat er nun aber nichts. Sie versuchte, sich dennoch nichts anmerken zu lassen.

„Unten haben sie schon angefangen, deine Bediensteten zu ficken. Die können nicht mal warten, bis die Orgie beginnt.", sagte sie abfällig, ging zum Bett und ließ sich aufs Kissen fallen. Natürlich hoffte sie, er würde darauf eingehen, und sie beglücken, bevor sie nach unten gingen. Doch wieder tat er nichts von all dem, was sie sich erhoffte.

Er stand am Fenster und sah hinaus. Dann drehte er sich zu ihr um. „Ich verbiete dir heute zu ficken! Ich will, dass du uns nur zusiehst!", sagte er bestimmt.

„Aber… wieso denn das?" Milla wurde nervös. Nichts war schlimmer für sie, als andere dabei beobachten zu müssen, ohne selbst mitmachen zu dürfen. Allein der Anblick dieser geilen Männer und Frauen brachte ihr Herz zum Rasen und ihre Möse zum Tropfen. Und nun sollte sie tatsächlich nur dabei zusehen, ohne sich nur einmal ficken zu lassen? Die ganze Nacht lang?

„Weil ich es sage… und weil ich es so will!", war seine Antwort.

Milla wusste, dass sie nichts bei ihm erreichte, ihn nicht umstimmen konnte, wenn er einmal eine Entscheidung so beharrlich getroffen hatte. Daher versuchte sie es nicht einmal. „Darf ich mich selbst berühren?", fragte sie.

„Nein!"

„Aber wieso nicht?!"

„Gisele!" Seine Stimme hatte einen dämonischen Klang angenommen. „Zwing mich nicht dazu, dich eigenhändig bestrafen zu müssen. Und ich werde es tun, wenn du meine Befehle weiter in Frage stellst."

Milla verstand, dass es zwecklos war. Sie wollte ihn nicht verärgern. *Also dann eben heute nicht ficken,* dachte sie. Sie schloss die Augen und lag einige Minuten nur so da. Dass sie von ihm beobachtet wurde, hatte sie nicht bemerkt.

„Komm jetzt!", hörte sie ihn sagen. Sie sah zu ihm auf. Er stand schon an der Tür.

Sie erhob sich ohne Widerrede und folgte ihm in die untere Etage.

■■■

Pascal war nun zufrieden.

Er hatte Gisele am Rand des Schauplatzes dieser Orgie auf einem Canapé platziert, weit genug entfernt vom Geschehen und doch nah genug, um sie bei diesem Anblick geil werden zu lassen.

Immer mehr festigte sich seine Entscheidung, Gisele - oder wer auch immer diese schöne Frau in Wahrheit sein mochte - nur noch für sich selbst zu beanspruchen.

Er war fest entschlossen, ihr nach der Orgie ein Angebot zu offerieren.

Und er wusste, dass sie es nicht würde abschlagen können. Vollkommen zufrieden mit sich und seinem Entschluss, drang er langsam in die enge Möse seiner Zoé ein. Sie war diejenige, die am wenigsten herumzickte und ein gesundes Gleichgewicht in seinen kleinen Harem brachte. Und sie kümmerte sich immer vorzüglich um seinen Schwanz, wenn er seine Lieblinge bestrafen ließ.

■■■

Milla fühlte die Anspannung am ganzen Körper, bemerkte sofort, dass ihre Schamlippen vor Geilheit richtig dick anschwollen. Es kribbelte sie überall und kleine Blitze schossen durch ihren Unterleib, als sie dem grandiosen Sexgelage dieser Orgie zusah. Frauen lehnten über den Tischen nach vorne gebeugt und spreizten ihre Beine, so weit sie konnten. Der Lustsaft lief ihnen die Schenkel entlang. Männer lagen ihnen zu Füßen, leckten ihre lieblichen Geschlechter, fingerten an ihren nassen Spalten herum oder aber stießen ihren steifen Penis kraftvoll in deren feuchte Öffnungen. Am rechten Fensterflügel wurde Alison gerade an einen drehbaren Tisch gespannt und acht Männer standen im Kreis um sie herum. Während sie ihrem Gegenüber den Penis leckte, zärtlich in die Eichel biss, fickte sie der Mann, der hinter ihr stand, abwechselnd in ihre enge Möse oder aber in ihr süßes, kleines Arschloch. Kraftvoll stieß er seine gewaltige Erektion immer tiefer in das feuchte Lustobjekt, das sein unbändiges Verlangen so sehr schürte. Nach einigen Stößen drehte man aber schon den Tisch weiter und sie musste dem nächsten seinen großen, stählernen Schwanz lecken, während sie von einem anderen gevögelt wurde. Manche schafften es vor Erregung nicht, ihren Orgasmus zurückzuhalten und spritzten ihr ihr Sperma direkt auf ihre schönen, drallen Pobacken. Ihr ganzer Hintern war schon voller Sperma. Alison fühlte nur noch dicke, große, kurze, kleine, harte oder weiche Schwänze. Alle waren so einzigartig, wie sie unterschiedlicher nicht sein konnten.

Emanuelle kümmerte sich am liebsten um die Frauen. Insgeheim war sie schon immer eine Lesbe. Sie befand sich in einer Gruppe voller schöner, jungblütiger Frauen und ließ sich gerade ihre Möse lecken. Sie genoss es sichtlich, gleichzeitig von einer zweiten Frau an ihren Nippeln geleckt zu werden, während sie mit einer dritten liebevoll züngelte. Sie fühlte Zungen auf ihrem ganzen Körper und genoss die Küsse und Bisse ihrer Mitstreiterinnen.

Vénus hatte heute ein besonders strahlendes Gesicht. Sie fickte in Pascals Runde mit. Sie war eine der fünf Frauen, die sich rührend um seinen Schwanz kümmerten und man sah ihr an, dass sie entzückt darüber war, Milla auf der Strafbank sitzen zu sehen, und mehr als das war es für Milla nicht. So empfand sie es zumindest. Als sie Pascal mit all den Frauen sah, verschwand ihre Geilheit auf einen Schlag. Es war ihr früher niemals bewusst gewesen, wie sehr es ihr gefiel, sich ihm hinzugeben oder aber demjenigen zu dienen, den er für sie an so einem Abend vorgesehen hatte. Sie war immer mitten im Geschehen, daher empfand sie diesen Neid eher als normal. Nun musste sie aber als Außenseiterin dieses grandiose Sexgelage beobachten, und es war das erste Mal, dass sie so etwas Ähnliches wie Eifersucht verspürte, als sie ihn so sah. Sie sah weg, versuchte sich auf eine andere Gruppe zu konzentrieren, doch die Geilheit wollte einfach nicht wieder zurückkommen. Und so schloss sie die Augen und dachte an die gestrige Zusammenkunft mit ihm, mit dem Mann, der sie zum Schreien gebracht hatte. Die anderen heizten sie an, das war wahr, doch er war unverwechselbar, erreichte als Einziger, dass sie mehrmals hintereinander kommen konnte.

Das war für sie der Beweis dafür, dass er etwas ganz Besonderes sein musste, und dass es kein Zufall sein konnte, dass sie ihm begegnet war.

■■■

Eine Viertelstunde später…

Pascal spürte, dass seine Erregung langsam schwand. Er wusste auch ganz genau, warum. Sie fehlte ihm. Er sah zu ihr hinüber. Sie sah gelangweilt zur Decke. Es ärgerte ihn, dass er in ihrem Ausdruck kein Stückchen Bedauern feststellen konnte. Er hätte sich gewünscht, dass sie darunter zu leiden hätte, weil er sie von der heutigen Orgie ausschloss, weil er ihr verwehrte, was ihr so gut gefiel: seine Männlichkeit. Zumindest hatte sie ihm das schon oft beteuert. Sie hatte ihm vor zwei Nächten gesagt, dass sie niemanden kenne, der einen solch stählernen Schwanz habe wie er und der sie so oft hintereinander zum Orgasmus brachte. Und nun? Nun saß sie gelangweilt da, so als würde es ihr überhaupt nichts ausmachen.

Und dann tat Pascal etwas, was er noch niemals zuvor gemacht hatte. Er verließ, ohne ein weiteres Wort zu verlieren oder eine vernünftige Erklärung abzugeben, die Orgie. Da es noch niemals zuvor vorgekommen war, dass der Gastgeber als Erster so früh am Abend die Orgie verlassen hatte, hatte er sich ungewollt auch noch die Aufmerksamkeit seiner Gäste zugezogen.

Doch das war ihm egal.

Oben in seinen Schlafräumen saß er auf dem Sofa und betrachtete die Fotos. Wieso hatte sie ihn nur angelogen?

Und dann klopfte es auch schon an seiner Tür.

Eigentlich hatte er überhaupt keine Lust zu öffnen, aber die Neugier war größer. Denn es gab kein Klopfzeichen. Das hatte zu bedeuten, dass mehrere seiner Lustsklavinnen draußen vor seiner Tür standen, denn keine von ihnen würde jemals der anderen ihr geheimes Klopfzeichen verraten.

Also erhob er sich und schlenderte zur Tür.

Als er sie öffnete, wunderte es ihn nicht, dass sie vor seiner Tür stand, und zwar in Begleitung von Vénus und Zoé. Er hatte keine Lust auf lange Diskussionen und er kannte Zoé, die, wenn sie einmal anfing, kein Ende mehr fand. Und Vénus hatte ihn während der Orgie immer so seltsam angelächelt, so dass er nicht wusste, ob es ein normales Lächeln war oder eher ein schadenfrohes. Daher hatte er sie zumindest in den engeren Kreis der verdächtigen Damen gezogen, die ihm möglicherweise diesen Umschlag unter der Tür durchgeschoben hatten, der ihm schon den ganzen Nachmittag lang keine Ruhe mehr ließ.

Er zeigte mit dem Finger auf Milla. „Du kommst gerade richtig!" Anschließend wandte er sich den anderen beiden zu. „Und ihr dürft wieder gehen. Kümmert euch um meine Gäste. Niemand hat euch erlaubt, euch von dort zu entfernen!"

Vénus musste schlucken, dass er Milla ihr vorgezogen hatte. Sie wollte gerade etwas sagen, doch Pascal hatte so unerwartet schnell Milla ins Zimmer hineingezogen und die Türe hinter sich wieder zugeschmissen, dass sie nur sprachlos zusehen konnte, wie sie nun vor einer verschlossenen Tür stand.

Wie konnte er sie nur so demütigen? Und das auch noch vor Zoé, die es sicherlich brühwarm bei der erstbesten Gelegenheit auch noch den anderen erzählen würde. *O diese Schmach,* dachte sie.

Vénus' Hass stieg ins Unermessliche.

■■■

In derselben Stunde…

„Wieso bist du gegangen?", fragte Milla und ließ sich aufs Bett fallen. Sie spreizte ihre Beine, um ihn anzulocken. Sie ahnte ja nicht im Geringsten, dass er ihr Geheimnis bereits kannte.

„Einfach so.", war seine Antwort. Als er sie so ansah, wurde ihm eines klar. Es war ihm egal, ob es Gisele Refaeli war oder nicht. Er wusste nur eines. Hätte sie ihn nicht belogen, hätte er sie womöglich niemals kennengelernt. Dass sie etwas ganz Besonderes für ihn darstellte, hatte er ziemlich früh schon bemerkt. Der Sex mit ihr war aufregend, sie war zu allem bereit und er hatte bei keiner außer bei ihr ein so starkes Gefühl, dass es ihr auch gefiel. Ihre Demut schien ihm nicht vorgespielt zu sein. Aber er wollte ihr nicht sagen, dass er dahinter gekommen war beziehungsweise darauf hingewiesen worden war. Er sah keinen Sinn darin. Und er legte keinen Wert mehr darauf, die echte Gisele Refaeli kennenzulernen. Milla hatte es, ohne es zu wissen, geschafft, dass er auf sein Recht nicht einmal mehr bestand. Er ging auf sie zu und setzte sich neben sie.

„Ich möchte ein Experiment ausprobieren.", sagte er mit leiser Stimme.

Milla sah ihn verwundert an.

„Ich möchte wissen, wie es ist, wenn ich, sagen wir mal ein ganzes Jahr lang immer nur mit derselben Frau schlafe. Bisher hatte ich noch nicht die richtige Frau getroffen, mit der ich gerne dieses Experiment ausprobiert hätte. Sie waren alle nur geeignet für Orgien, für Bestrafungen, zur Weiterreichung an meine Gäste, meine Geschäftspartner, aber bei dir ist das anders... es reizt mich, mit dir dieses kleine Experiment auszuprobieren... zu sehen, wie es mir gefällt und ob überhaupt... wenn ich dir jetzt befehle, mir ein Jahr lang zu dienen, wirst du das als meine Sklavin sicherlich tun, aber ich möchte es dir nicht befehlen müssen. Ich möchte, dass du es aus freien Stücken tust. Du musst aber für ein ganzes Jahr deinem bisherigen Leben den Rücken kehren, denn dieses Experiment erfordert deine Anwesenheit 24 Stunden lang an 7 Tagen die Woche. Ich werde nächsten Freitag verreisen. Wenn du ein Jahr lang deine Zeit mit mir verbringen willst, und zwar freiwillig, dann bist du nächsten Freitag Punkt zwölf Uhr bei mir. Wenn nicht, dann brauchst du nie wieder zu kommen." Er sah ihr tief in die Augen. „Denn dann werde ich dieses kleine Experiment mit Vénus durchführen.", log er. Zum einen wusste er, dass die zwei unerbittliche Konkurrentinnen waren und sich zeitweise ganz schön bekriegten, deshalb war er sich immer sicherer, dass es Vénus war, die ihm diese kleine Botschaft hatte zukommen lassen. Zum anderen wollte er Milla nicht zeigen, wie sehr es ihn verletzt hätte, würde sie sich gegen ihn entscheiden, daher die kleine Ausrede, in diesem Fall natürlich mit ihrer Erzfeindin sein Experiment durchführen zu wollen, wenn auch nur als zweite Wahl.

Er hatte schon lange mit dem Gedanken gespielt, seinem lasterhaften Leben für kurze Zeit den Rücken zu kehren, um zu sehen, wie es sich anfühlen würde, nur eine einzige Sklavin als Gespielin zu besitzen. Zudem konnte er mit den neuen Gefühlen noch nicht so recht umgehen. Eifersucht hatte er bis zum heutigen Tage noch nie empfunden, doch bei Milla war es irgendwie anders. Es fühlte sich schmerzlich an, wenn er sie weiterreichen musste, und der Druck in seiner Brust raubte ihm manchmal sogar den Atem.

Und jetzt wollte er mal *die andere Seite der Lust* kennenlernen. Denn er hatte vor langer Zeit einmal gehört, dass man nur *dort* , *auf der anderen Seite* findet, wonach eigentlich jeder sucht. Nämlich Liebe. Und wenn er ehrlich zu sich selbst war, dann suchte er schon lange Zeit danach.

Milla fühlte sich geschmeichelt, von ihm so begehrt zu werden, dass er sogar bereit dazu war, ein ganzes Jahr lang nur mit ihr alleine zu verbringen, ohne nebenbei noch viele andere Frauen zu besteigen. Es gefiel ihr deshalb so gut, weil sie schon seit geraumer Zeit bemerkt hatte, dass sie doch mehr für ihn emfpand, als sie sich eingestehen wollte. Sie begehrte ihn, auch wenn sie noch nicht so recht wusste, wie sie es Gisele erklären sollte. Schließlich hing Gisele an ihr, das war ihr klar. Aber sie hatte ihre Entscheidung schon in der Minute gefällt, als er ihr das Angebot unterbreitet hatte. Sie würde an diesem besagten Freitag Punkt zwölf Uhr da sein, um ihn zu begleiten, wohin auch immer er wollte. Da sie ihn aber gerne emotional leiden ließ, würde sie ihm ihren Entschluss natürlich heute noch nicht mitteilen. Und dass sie ihn emotional beherrschte, ahnte sie schon lange. Und deshalb spielte sie gerne mit ihm. Am liebsten immer dann, wenn er sie bestrafte oder eine andere Sklavin fickte. Das war sozusagen ihre heimliche Rache. Doch genau in diesem Augenblick empfand sie keinerlei Rachegelüste. Nein. Sie empfand Liebe, als sie ihn ansah. Und es fühlte sich schön an.

Pascal fragte sich, woran sie wohl gerade dachte, als sie ihn so schweigsam ansah. Ihre Augen faszinierten ihn. Langsam beugte er sich zu ihr vor, um sie zärtlich zu küssen. Mit der Hand strich er ihr liebevoll eine Strähne aus dem Gesicht, streichelte sanft ihre Wangen. Als er ihre Brüste berührte, fuhr er sanft mit der Hand über ihre Haut am Bauch entlang herunter bis zu ihrem Venushügel.

Zärtlich berührte er ihre Scham. Er spürte während des feurigen Kusses, dass seine Finger feucht wurden. „Soll ich dich lecken?", hauchte er ihr ins Ohr.

„Seit wann fragst du?" Sie lächelte ihn verschmitzt an.

„Wollte nur wissen, wie das ist, wenn man fragt und sich nicht nur nimmt, was einem zusteht... und? Soll ich?"

Milla nickte und ließ ihr Becken kreisen. Sie war wild auf ihn, auf ihn und auf seine Zunge, die sie schon mehr als einmal verwöhnt hatte.

Pascal küsste zärtlich ihren Nacken und fuhr mit der Hand zärtlich durch ihr Haar. Seine Lippen bewegten sich langsam zu ihren prallen Brüsten, saugten an ihren harten Nippeln. Und dann kroch er herunter. Ihre Scham glänzte, sie war nass vor Geilheit und wartete nur darauf, seine raue Zunge zu spüren.

Milla fuhr ihm zärtlich durchs Haar, als er sie unten mit der Zungenspitze berührte. Leise stöhnte sie auf. „Härter! Leck mich härter...", rief sie ihm zu. Ihre Stimme war rau vor Begehren. Sie erzitterte am ganzen Körper vor Erregung.

Mit seiner geübten Zunge wirbelte er über ihre Falten und lutschte an ihren Schamlippen. Sie bewegte sich im Rhythmus seiner Bewegungen und presste ihm ihr Geschlecht fest ins Gesicht. Die Lust, die sie dabei verspürte, hatte sich verändert. Es war nicht nur Geilheit, die sie dazu antrieb, sich ihm bedingungslos hinzugeben, es war mehr als das, auch wenn sie sich das nicht eingestehen wollte. Und es fühlte sich gut an. Als sie kam, spritzte sie ihren Saft direkt in seinen Mund.

Pascal richtete sich wieder auf, drehte sie auf den Bauch und zog ihr Becken zu sich hoch. „Ich werde dich so lange ficken, bis du bettelst, dass ich abspritzen soll."

„Mach, was du willst, aber steck ihn mir ganz tief rein..." Millas Stimme zitterte immer, wenn er sie so vorzüglich mit seiner Zunge zum Höhepunkt geleckt hatte. Jetzt wollte sie mehr.

Er drang in sie ein, ohne noch ein weiteres Wort zu verlieren. Er kannte sie ja, wusste, wie wild sie auf seinen Schwanz war. Kraftvoll stieß er zu, immer tiefer drang er in sie ein. Er beugte sich über sie und vergrub ihren zarten Körper unter sich. „Ich werde dich dazu erziehen, dich bedingungslos nur einem einzigen Mann zu unterwerfen. Denn dass du immer schon aufmüpfig gewesen bist, weißt du hoffentlich. Du hattest nur Glück, dass ich dir das durchgehen ließ…"

„Aber nur, weil du schon immer etwas Besonderes in mir gesehen hast.", unterbrach sie ihn und presste ihren Unterleib fest gegen seinen.

„Mal sehen, ob sich meine Intuition am Ende auszahlt. Ich setze nur ganz ungern auf ein falsches Pferd."

„Dann bin ich also nur eine Stute für dich?", fragte sie neckisch.

„So würde ich das jetzt nicht gerade sehen… aber im Groben kommt es schon so hin… ja, ich würde sagen, du bist sogar eine verdammt gute!" Er zog sich aus ihr zurück, zog sie zu sich hoch und setzte sie auf seinen Schoß. Nachdem sein steifes Glied vollständig in ihre Möse eingetaucht war, bewegte er ihr Becken mit den Händen auf und ab. „Und du reitest verdammt gut!". Stürmisch küsste er sie, während er seinen Schwanz an ihrer Möse zum Orgasmus rieb. Er musste sich selbst eingestehen, dass es seinen Reiz hatte, Sex mit nur einer Frau zu haben. Und seine Idee hinsichtlich des Experimentes, das er sich mehr oder weniger aus den Fingern gesogen hatte, um für sie eine glaubhafte Begründung zu haben, gefiel ihm immer besser.

■■■

„Ich werde ihm die Wahrheit sagen."

„Aber wieso?", fragte Gisele mit zittriger Stimme. An die Situation, dass Milla kaum mehr Zeit für sie hatte, hatte sie sich bereits gewöhnt. Daher hatte sie sich mit ihrer Stylistin angefreundet, als diese ihren Hang zum Lesbischen erkannt hatte. Sie tröstete sich daher mit Jennifer über Milla hinweg und genoss die wenigen Stunden, die sie mit ihrer Traumfrau noch hatte. Doch jetzt ging es um ihre Karriere. Sie befürchtete, ihre Verträge zu verlieren, wenn Pascal Zola erfahren würde, dass man ihn über Monate hinweg an der Nase herumgeführt hatte.

„Das bin ich ihm schuldig. Er gibt mir das Gefühl zu leben, verstehst du… ich möchte, dass er es *meinetwegen* tut und nicht, weil er denkt, *du* stehst vor ihm." Milla wollte lieber das Risiko eingehen, von ihm hinausgeschmissen zu werden, als mit dieser Lüge auf sein Angebot mit diesem extravaganten Experiment einzugehen. Pascal war sehr großzügig und mit dem Geld, das sie nebenzu auch noch von Gisele bekam, hatte sie es nicht einmal mehr nötig gehabt, als Prostituierte ihren Körper zu verkaufen. Das Leben einer Hure hatte sie ohnehin schon viel zu lange geführt. Damit sollte nun Schluss sein. „Wenn er mich nicht hinausschmeißt, werde ich ihn bitten, dafür zu sorgen, dass du deine Aufträge behältst. Mehr kann ich dir nicht garantieren. Für mich ist das eine einmalige Chance, endlich ein anderes Leben zu führen. Hure ist bei Gott kein Traumjob! Und er will mir ein schöneres Leben bieten. Und darauf will ich nicht verzichten. Verstehst du mich?"

Schweren Herzens gab Gisele zu, dass sie ihre Beweggründe schon verstehen konnte. An diesem Abend hatte sie das letzte Mal in ihrem Leben Sex mit Milla. Und sie hatte es in vollen Zügen genossen.

■■■

Pascal stand am Fenster seines Arbeitszimmers. Er sah hinab auf den Vorhof und beobachtete sie. Er hatte gewusst, dass sie kommen würde, auch wenn sie sich die ganze Woche lang nicht bei ihm gemeldet hatte.

Es dauerte keine fünf Minuten und er vernahm das ihm vertraute Klopfzeichen. „Komm herein.", rief er ihr zu.

Milla betrat sein Arbeitszimmer, ging auf ihn zu und kniete sich unterwürfig vor ihm nieder. Sie küsste seine Füße, doch er zog sie zu sich hoch. „Küss lieber meine Lippen.", hauchte er ihr zu.

„Zuerst muss ich dir ein Geheimnis über mich verraten. Wenn du dann immer noch willst, dass ich bei deinem Experiment die Hauptrolle spiele, dann werde ich es tun. Ansonsten hast du mich heute das letzte Mal geküsst." Sie riss sich sanft von ihm los und entfernte sich ein paar Schritte.

Pascal wusste sofort, worauf sie hinauswollte. „Verrate mir dein Geheimnis nicht, Gisele! Da ich auch ein kleines Geheimnis vor dir habe, wären wir somit quitt."

Sie sah ihn fragend an. „Du hast ein Geheimnis?"

Er nickte. „Ja. Ein dunkles… aber keine Angst… ich tue nichts, was du nicht willst."

Milla lächelte ihn an. Einerseits war sie froh darüber, dass er ihr nicht die Möglichkeit ließ, ihm die Wahrheit zu sagen, andererseits drängte es sie nach wie vor, die Karten offen auf den Tisch zu legen. Aber sie kannte ihn und wusste genau, wenn er einmal gesagt hatte, was er wollte, musste man sich danach richten. Also schwenkte sie vom eigentlichen Thema wieder ab.

„Ein dunkles Geheimnis also?" Sie ging langsam auf ihn zu.

„Ja.", sagte er und legte seine Arme um ihre Schultern. „Vielleicht verrate ich es dir ja irgendwann… in einer Vollmondnacht…" Er lächelte sie an.

„Okay… dann in einer Vollmondnacht." Sie küsste ihn leidenschaftlich.

Zärtlich drückte er sie auf den Boden hinunter. „Küss meinen Schwanz und zeige ihm, wie sehr du ihn begehrst."

Demütig kniete sie vor ihm auf dem Boden, sah zu ihm auf und befreite mit ein paar geschickten Handgriffen seinen steifen Penis aus der mittlerweile zu eng geratenen Hose. Sie rieb zärtlich daran, küsste seine Eichel und leckte gierig mit der Zunge darüber. „Alles was du willst.", antwortete sie und nahm sein Glied mit ihrem Mund vollständig in sich auf.

Sanft fuhr er ihr mit den Händen durchs Haar. „Ich bin mir sicher, wir werden uns gut verstehen." Den Gedanken, dass sie eine kleine Hure war, hatte er schon längst beiseite geschoben.

■■■

Eine Woche später irgendwo in Schottland auf einer Burg...

Er nahm ihr behutsam die Augenbinde ab. Milla öffnete die Augen und sah sich um. Sie befand sich in einem leicht verdunkelten Raum. Viel konnte sie nicht erkennen, außer einem schwachen Licht in der Ecke und Pascals großer Statur. Er stand direkt vor ihr. Ein kühler Luftzug streifte ihre Haut. Milla erschauderte. Der Steinboden, auf dem sie kniete, war hart und kalt. Ihre Handgelenke schmerzten, wenn sie versuchte, ihre Arme zu bewegen, denn sie waren mit Handschellen fest auf ihrem Rücken gefesselt. Nun sah sie kurz an sich herunter. Sie trug Strapse und einen Strapshalter, jedoch keinen Slip. Ihre Brust wurde von einem schwarzen Lack-BH gehalten, der ihren Busen fest zusammenpresste. Sie schaute erneut zu ihm auf und versuchte sein Gesicht in der Dämmerung zu erkennen, doch sie nahm nur die Konturen seines animalischen Gesichts war.

„Nimm ihn in den Mund. Sofort! Leck an meinem Schwanz, so wie ich es dir beigebracht habe!", befahl er ihr.

Bei seinen Worten zuckte Milla kurz zusammen. Seine Stimme klang rau vor Begehren und löste in ihr ein angenehmes Schauergefühl aus.

Pascal trat nun noch näher an sie heran. Sein steifes Glied ragte ihr genau auf Gesichtshöhe entgegen. Milla sah die feuchte Spitze dieses großen Schwanzes vor sich, rückte ein wenig näher zu Pascal, und öffnete gehorsam den Mund. Sie berührte seine Eichel mit ihren weichen Lippen und ließ die Zungenspitze an seinem Schaft entlang fahren. „Du machst das genau richtig. Mach weiter

108

so!" Milla reckte ihren Kopf noch weiter nach vorne und schob seine Härte soweit wie möglich in ihren Mund. Seine Eichel rieb dabei gegen ihren Rachen. Bei dieser Berührung ging ein erster prickelnder Schauer durch Millas Körper und ihr Lustzentrum erwachte. Sie atmete tief ein und aus, um ihre Emotionen zu kontrollieren und umschloss den Schaft ihres Herrn noch fester mit ihren Lippen.

„Du bist ein ganz schön geiles Ding, weißt du das?!", hauchte er erregt.

Nun bewegte sie ihren Kopf schnell vor und zurück. Sie hielt sein Glied mit ihren Lippen eng umschlossen und presste ihre Zunge gegen seine Härte, um ihn zu massieren. Das Stöhnen über ihr wurde immer lauter.

Pascal fasste ihr zärtlich ins Haar und gab ihr seinen Rhythmus vor. Ihre eigene Erregung wuchs mit der Lust dieses Mannes, dessen Schwanz sie hingebungsvoll leckte. Milla war bis auf das Äußerste angespannt. Ihre Spalte wurde feucht und leichte Hitzewellen breiteten sich in ihrem Körper aus. Sie begann nun an ihm zu saugen, damit er möglichst schnell kommen würde. Sie wollte ihn in sich spüren, nicht nur schmecken. Sehnsüchtig erwartete sie seinen Strahl. Seine Lenden drückten sich immer drängender gegen ihren Mund. Das Atmen über ihr wurde immer schneller. Milla presste ihre Lippen noch enger um seinen Schaft und ließ ihre Zunge noch fester an ihm entlang gleiten. Da vernahm sie ein lautes Stöhnen, und sogleich ergoss sich ein warmer, pulsierender Strahl in ihren Mund. Genüsslich schluckte sie das Sperma herunter und leckte nun ganz vorsichtig um seine Eichel. Sie genoss seine Lust und ließ ihre Zunge über sein ganzes Glied wandern.

„Leck ihn ganz ab! Ja, genau so. Du bist ein richtig geiles Luder." Als Milla fertig geleckt hatte, war ihre eigene Möse inzwischen so feucht, dass sie einen inneren Zwang verspürte, sich selbst dort zu berühren. Aber da ihre Hände gefesselt waren, konnte sie ihrer Lust nicht nachkommen. Sie war ihm und seinen Fantasien vollkommen ausgeliefert! Sie musste diesem Mann gehorchen und er würde nach Belieben über sie verfügen. Bei diesem Gedanken durchfuhr sie eine heiße Welle der Erregung. Sie begann schneller zu atmen und feine Schweißperlchen bildeten sich auf ihrer Stirn.

Pascal trat nun einen Schritt zurück und zog Milla vom Boden hoch, so dass sie wackelig auf ihren Füßen zum Stehen kam. Sie wurde von ihm zum Himmelbett geführt, das nur wenige Meter entfernt stand. Er warf Milla liebevoll aufs Bett und drückte sie nun nach unten aufs Kissen. Der Anblick ihres bezaubernden Rückens und ihr praller Po erregten ihn sehr. Ihr Körper war so makellos, das faszinierte ihn immer wieder aufs Neue. „Bevor ich dir erlaube zu kommen, werde ich dich erst noch bestrafen! Du hättest mir heute Morgen nicht widersprechen sollen. Das war ein Fehler. Und ich werde dich lehren, zu gehorchen... egal, wie sehr du dich dagegen sträubst."

Milla sah aus dem Augenwinkel heraus, dass Pascal eine Peitsche in der Hand hielt. Er holte aus und nach einem leisen Sausen in der Luft schoss ein scharfer Schmerz über ihren Hintern, als die Peitsche sie das erste Mal traf. Der Schmerz durchzuckte sie wie ein heißer Feuerblitz. Sie stöhnte laut auf. Nur wenige Momente später ließ das Brennen auf ihrer Haut jedoch etwas nach, und ein zartes Prickeln überzog ihren Körper. Dieses Prickeln des nachlassenden Schmerzes setzte in Milla wieder diesen Schauer der Erregung frei. Ihr Lustzentrum wurde sofort entflammt und ihr Begehren stieg schneller an, als ihr lieb war, denn sie wusste, dass es noch dauern würde, bis er sie endlich stürmisch fickte wie ein wildes Tier. Sie konnte nicht anders, als laut zu stöhnen und zu betteln, dass er es ihr mit der Peitsche so richtig gut besorgen solle. „O ja... bestraf mich! Mehr!" Milla fühlte sich elektrisiert. Sie wollte noch mehr körperliche Schmerzen verspüren, um gleich darauf wieder diesen Schauer der Erregung zu erleben, wenn die Schmerzen nachließen. Die nächsten Peitschenhiebe trafen immer wieder die gleiche Stelle auf ihrem süßen Po. Mit jedem weiteren

Hieb wurden die Schmerzen stärker. Milla stöhnte jedes Mal noch lauter auf vor Schmerzen, bevor sie dann lustvoll seufzte, sobald das Prickeln ihren Körper von Neuem überzog. Sie konnte gar nicht anders, als Pascal durch ihre Lust weiter anzutreiben. „O ja. Ich habe es verdient! Fester! Verhau mir meinen kleinen Arsch… bitte, schlag mich!"

Doch in diesem Moment drang ein dicker Penis liebevoll in Millas feuchte Möse ein.

Pascals Stöße waren fest und kraftvoll.

Immer tiefer drang er in sie ein.

Millas aufgestaute Lust begann sich zu entladen. Das berauschende Gefühl der Hingabe und die eigenhändige Bestrafung durch ihn machten sie schon jetzt süchtig danach, denn sie forderte immer mehr.

Und schon wieder bescherte er ihr eine berauschende Nacht der lustvollen Hingabe, indem er sie in seine Welt der Dominanz und Unterwerfung entführt hatte.

■■■

Monate später…

Milla hatte nie Pascals Geheimnis erfahren, und ihres hatte er gut behütet für sich behalten. So hatte sie niemals das Gefühl gehabt, nur eine ordinäre Hure zu sein, als sie ihm fünf Monate später gebeichtet hatte, dass ihr Name in Wahrheit Milla Malkovich sei. Sie war froh, dass ihr Pascal keine Szene gemacht hatte, sie weder bestraft noch hinausgeschmissen hatte. Er wollte nicht einmal mehr wissen, womit sie ihr Geld verdient hatte und wieso sie ihn angelogen hatte. Also war Milla auf die näheren Details nicht weiter eingegangen und hatte ihm diese Kleinigkeit hinsichtlich der Prostitution weiterhin verschwiegen. Es erschien ihr nun nicht mehr wichtig, es ihm zu sagen und ein kleines Geheimnis dürfe ja jeder haben. Das mache den Menschen ja erst so richtig interessant, glaubte sie. Pascals Geheimnis herauszufinden hatte sie deshalb

111

schon bald aufgegeben. Aber am Ende war es ihr gar nicht mehr wichtig, es zu erfahren.

Gisele hingegen wurde das begehrteste Top-Model auf der ganzen Welt. Sie hatte ihre kleine Hure niemals vergessen, die mit einer solch berauschenden Hingabe ihren Nebenjob übernommen hatte und sie davor bewahrt hatte, mit wildfremden Männern schlafen zu müssen.